Chris Hartmann

Weiße Weste
oder der Barmer Fall

Verlag Edition Köndgen

Verlag Edition Köndgen

Im Verlag Edition Köndgen erscheinen Bücher und Geschenkartikel über Wuppertal, Schwelm und das Bergische Land. Die vielfältigen Facetten dieser Region werden darin lebendig präsentiert.
www.edition-koendgen.de

Bibliographische Informationen der Deutschen Nationalbibliothek:
Die Deutsche Bibliothek verzeichnet diese Publikation in der Deutschen Nationalbibliographie; detaillierte Daten sind im Internet unter www.dnb.de abrufbar.

1. Auflage 2024

Coverillustration & Vignetten: Chris Hartmann
Lektorat: Verlag Edition Köndgen
Druck: ScandinavianBook Neustadt a.d. Aisch
Printed in Germany
Deutsche Originalausgabe

ISBN 978-3-948217-25-9

www.edition-koendgen.de

Inhalt

Teil 1

Teil 2

Anhang

Teil 1

Der Haussegen hängt schief

Sonntag, 2. Juli

Es fing ganz harmlos an und doch hat uns bald der Strom der Ereignisse mitgerissen. Sogar tote Vögel sind als Warnung vor Türen gelegt worden. So etwas haben wir noch nicht erlebt. Aber alles der Reihe nach.

Onkel Paul sagt jetzt jedes Mal, wenn er nicht auf Oma gehört hätte, wäre das alles nicht passiert. Der Gangster hat Oma jedenfalls umgerannt. Und weil sie Osteoporose hat, also die Knochen nicht mehr so stabil sind, wie sie sein sollten, hat sie sich dabei einige Knochen gebrochen.

Oma Helga hat deshalb nun einige Gipsverbände. Ich erinnere mich an ihren Gesichtsausdruck unter ihrem Kopfverband. Sie lächelt zwar gequält, aber die Freude über unseren Besuch ist ihr trotz allem anzusehen. Zwei andere Frauen liegen ebenfalls in dem Krankenzimmer. Beide schlafen oder halten die Augen geschlossen. Krankenhäuser riechen immer gleich. Ein beißender Geruch zieht in die Nase, es riecht nach

Desinfektionsmittel. Mit dem Rest der Familie besuche ich Oma im Krankenhaus. Seit einer Woche liegt Oma dort und meckert über die juckende Haut unter den Verbänden.

„Tim! Schön, dass du alle mitgebracht hast“, murmelt sie.

Onkel Paul sagt auch, dass sie uns an den Ort des Verbrechens geführt hat. Das stimmt allerdings nicht so ganz, denn sie hat nur das Restaurant für die Feier ausgesucht. Und dort sind wir auf den Gauner gestoßen, das stimmt allerdings dann doch. Leider ist ein zweiter Gauner noch immer nicht gefasst und befindet sich auf freiem Fuß.

Ich muss noch weiter zurückgehen in meinen Erinnerungen. Eigentlich hat die Geschichte damit angefangen, dass sich Oma in die Hochzeitsvorbereitungen von Onkel Paul und Tordis eingemischt hat. Ich blättere in meinem Notizbuch zurück zu den Eintragungen im Mai.

Dienstag, 2. Mai

Tordis heißt mit Nachnamen Siebke-Holzapfel. Daran auch noch Blum dranzuhängen, wäre in der Tat zu lang. Das sehe ich ein. Nicht nur, dass Onkel Paul und Tordis darüber streiten, wer welchen Namen nach der Hochzeit annehmen soll, sie streiten auch, weil Oma Helga Tordis zu einem schwedischen Mittsommerfest überredet hat. Es soll ein Fest werden, an das sich noch alle erinnern, hat sie ihr vorgeschwärmt.

Mit einem Blumenkranz mit winzigen Schleierkrautblüten auf dem leuchtend roten Lockenkopf von Tordis, einer echten Maibaumstange mit weißen und roten Bändern und vielen einzelnen Blumen in Rot und Weiß auf den Tischen. Wo sie doch Ende Juni, ganz genau am Samstag, den 24. Juni, feiern wollen. Das würde wie die Faust aufs Auge passen. Also mit der Deko und so weiter. Tordis ist ganz angetan von der Idee. Besonders gefällt ihr die Torte, die Oma ihr vorgeschlagen hat: eine mehrstöckige Mandeltorte mit Erdbeeren. Ein Lokal hat Oma auch schon längst. Tordis hat den Termin ihrem aus Polen stammenden Vater Adamek zuliebe auf die Johannisnacht gelegt. Das Fest des Heiligen Johannes des Täufers, Sobotka genannt, wird dann traditionell gefeiert. Auch wenn Onkel Paul das versteht, schmeckt ihm die ganze Sache nicht. Er will sich weder von seinem zukünftigen Schwiegervater noch von Oma vorschreiben lassen, wann und wie er zu feiern hat.

„So weit kommt es noch, dass meine Hochzeit ein Mittsommerfest wird! Das wüsste ich aber! Nur weil es Oma Helgas Lieblingsfest ist, an dem die Blumenkränze darüber hinwegtäuschen, dass sich alle nur betrinken. Dann gibt es womöglich bergeweise Dillkartoffeln, gebeizten Lachs, Kümmelkäse und eingelegten Hering, serviert mit Sauerrahm, Schnittlauch, Zwiebeln und Knäckebrot. Nicht mit mir!“, schimpft er vor sich hin.

Er mag lieber Braten und Klöße, das ist eins seiner Lieblingsessen. Er isst in letzter Zeit viel zu gern und seine Hosen spannen mehr als sonst. Tordis mahnt ihn schon, nicht zu übertreiben. Er müsse noch in die Hose des eng geschnittenen Hochzeitsanzugs passen. Wenn sie das sagt, rollt er mit den Augen und zwinkert mir hinter ihrem Rücken verschwörerisch zu.

Die beiden wollen gar das Fest verschieben. Tordis hat immer so rote Augen und ist seltsam verschnupft. Und Onkel Paul ist zeitweise nicht mehr gesprächig, was ihm nicht ähnlichsieht. Er brummt dann nur noch, wie ein alter Stoffbär, bei dem die Brummstimme kaputtgegangen ist, wenn ich bei ihnen in Elberfeld zu Besuch bin. Seit Malin auf der Welt ist, ist Tordis zu Onkel Paul gezogen. Ihren Haushalt in dem kleinen Hinterhofhaus mit Garten hat sie aufgelöst.

„Das war der größte Fehler meines Lebens!“, hat sie ihm letztens an den Kopf geworfen und Malin an sich gedrückt, die in dem Moment zu brüllen angefangen hat. Ihre Tochter hat entgegen allen Vermutungen nicht die roten Haare von Tordis geerbt. Allerdings ganz sicher kann man sich nicht sein, denn der Flaum auf dem Köpfchen schimmert dunkel. Vielleicht ja doch dunkelrot? Ich mag Tordis sehr und das nicht nur, weil sie uns für die Lösung eines Falles mit ihrem Geschichtswissen den entscheidenden Tipp gegeben hat.

Ich helfe heute wieder nach der Schule beim Packen der Kartons, denn die beiden ziehen bald mit ihrer im April geborenen Tochter innerhalb Wuppertals von Elberfeld in den Stadtteil Barmen in eine größere Wohnung um. Aber mein Onkel hat eindeutig selbst dafür viel zu viele Sachen. Ich versuche, einen der unzähligen Papierstapel vorsichtig in einem Karton zu versenken.

„Tim, das nicht!“, ruft Onkel Paul.

Ich hebe ihn heraus und nehme einen anderen.

„Ach nein, das brauche ich auch noch. Das muss wieder zurück auf den Schreibtisch.“

Also gut, denke ich. Den Turm schichte ich zurück auf die Arbeitsplatte. Beide Stapel sehen nicht aus, als ob Onkel Paul sie in letzter Zeit durchgesehen hätte. Eine Staubschicht liegt auf ihnen. Ich niese und öffne das Fenster, um etwas Sauerstoff hereinzulassen. Draußen ist die Luft klar, dafür sind die Temperaturen wärmer als in der Wohnung.

„Was kann ich denn schon einpacken?“, erkundige ich mich vorsichtig.

Onkel Paul zeigt zögernd auf das Regal.

„Fang einfach damit an! Den Schreibtisch muss ich noch vorsortieren, damit ich nachher noch alles wiederfinden kann.“

Ich trotte zum Regal und mache dort weiter.

Es klingelt. Das ist Oma Helga. Sie besucht zu Onkel Pauls Leidwesen jetzt regelmäßig die beiden. Auch heute schaut Oma bei den beiden „Kampfhähnen“, wie Oma sie nennt, vorbei.

Besonders Mama, sie ist Onkel Pauls Schwester, seine frühere Schwägerin Mathilda und seine Schwester Annette bemühen sich ebenfalls, die Wogen zu glätten, damit die Brautleute sich wieder in die Arme schließen und das Fest doch noch stattfinden kann. Bevor die Riesenstreitwelle über die Verwandtschaft der Johanns hereinbrach, war alles eitel Sonnenschein und die Nachricht, dass Tordis und Onkel Paul heiraten, hat alle für die beiden gefreut. Das ist ein halbes Jahr her. Hinter ihnen liegen lange Tage der Vorbereitung. Tordis hakt seit Monaten emsig Checklisten ab, wer eingeladen werden soll. Mein Onkel liegt dann schon auf dem Sofa und schnarcht, beklagt sie sich manchmal bei Mama.

Nach dem Streit über den Exfreund, den Tordis auch einladen will, macht Onkel Paul dicht. Er stellt sich quer. Er kann es nicht leiden, wenn ihm jemand Konkurrenz macht. Ich kenne ihn. Er behauptet allerdings, seine Verstimmung läge weiterhin an Oma, die sich zu sehr in seine Angelegenheiten mischt.

„Auch wenn sie dauernd mit selbst gebackenem Kuchen ankommt, ändert das nichts an meiner Haltung“, zischt er wütend und verschwindet im Flur, um zu öffnen.

Ich habe den früheren Freund von Tordis mal gesehen. Er ist klein und hat einen merkwürdigen Flaum auf der Oberlippe. Er taucht oft unangemeldet und angeblich zufällig auf und hat eine zu hohe Stimme, wenn er lacht. Ich kann ihn auch nicht leiden. Meiner Meinung nach muss sich mein Onkel keine Sorgen wegen ihm machen.

Allerdings ist dieser nicht Onkel Pauls einziges Problem, denn er ist, wie Oma schon früher mit klarem Blick analysiert hat, „ein ausgesprochener Sammler, wenn nicht sogar ein Messi“. Sie lasse die Ausrede nicht gelten, dass er zwei Berufe habe. Onkel Paul arbeitet als Sozialwissenschaftler an einem Institut und als Dozent an der Universität. Er hält Vorträge und unterrichtet Studenten. Er hat sogar noch ein eigenes Büro angemietet. Sonst könnte man wahrscheinlich die Wohnung gar nicht mehr betreten, vermutet Oma regelmäßig.

Er muss sein bis an die Decken mit Papieren und Büchern vollgestopftes Zimmer für den Umzug aussortieren. Darauf hat Tordis bestanden. Sonst kann er direkt alles wieder vergessen, hat sie ihm gedroht. Mit Frau und Kind ist die Wohnung nicht größer geworden und die Berge nicht wie von Zauberhand kleiner. Auch das verstimmt ihn und so hängt bei uns allen irgendwie der Haussegen schief, denn die schlechte Stimmung scheint, ansteckend zu sein.

Alle hoffen, dass sie den Umzug in das neue Heim stemmen. Die Wohnung haben sie in der Parsevalstraße gefunden, in der Nähe der ehemaligen Bahntrasse, die jetzt ein Radweg ist. Der Weg führt durchs ganze Tal und verbindet Wuppertaler Stadtteile. Ich war schon da und habe die großzügig geschnittenen Räume gesehen. Die Zimmer sind mit hohen Fenstern ausgestattet und dadurch lichtdurchflutet Es gibt eine Terrasse und eine Treppe tiefer einen Garten. Tordis hat sich in diesen Garten hinterm Haus verliebt und nur deshalb der teuren Miete zugestimmt, wo sie doch seit der Geburt nun für einige Zeit als Lehrerin ausfallen wird.

Onkel Paul bleibt vor mir stehen, seine Ärmel sind bis zu den Ellenbogen hochgekrempelt.

„Junge, schaff dir bloß keine Probleme an!“ Wobei unklar

bleibt, was genau er damit mit meint. Er wuchtet in seinen dicken Socken einen der Körbe mit Altpapier die Treppe hinunter, vermutlich um ihn neben die schon volle Papiertonne in der Toreinfahrt zu stellen. Tordis hat ihm die Socken im Winter gestrickt. Mir ist ein Rätsel, wie man im Sommer mit Wollstrümpfen herumlaufen kann. Genau genommen kenne ich nur meinen Onkel, der das fertigbringt. Ich schaue ihm nach und beschließe, für heute meine Arbeit zu beenden. Ich setze mich zu Oma und Tordis ins Wohnzimmer.

„Ist der glutenfrei?“, frage ich Oma und zeige auf den Kuchen. Zu meiner Freude nickt sie. Leider ist bei mir die Glutenunverträglichkeit ziemlich stark ausgeprägt. Ich bin auch schon nach dem Verzehr von Getreidespuren im Essen umgekippt.

„Selbst gebacken. Ich habe natürlich an dich gedacht.“ Sie lächelt. Mein Herz schmilzt dahin und ich kann nicht mehr verstehen, was Onkel Paul gegen die Besuche von Oma hat. Ich nehme mir ein großes Stück von dem schon angeschnittenen Kuchen und beiße hinein.

„Warte, ich gebe dir eine Serviette“, sagt Tordis, damit ich nicht auf den Boden krümel. Es schmeckt himmlisch!

Da ich diesmal nicht mit dem Rad gekommen bin, sondern den Bus genommen habe, nimmt Oma mich mit dem Auto wieder mit nach Hause. Auf dem Nachhauseweg, kurz vor unserem Ziel, sehe ich Tante Annette mit vollen Einkaufstüten die Haustür aufschließen. Sie wohnt wie wir in Beyenburg, bei uns ganz in der Nähe.

Auch Tante Annette hat mit ihrem Sohn Jakob Streit. Ohne ihr vorher nur ein Sterbenswörtchen zu sagen, hat mein Cousin sein Studium in Düsseldorf einfach so abgebrochen, seine Sachen aus der Wohngemeinschaft geholt und ist wieder zu Hause eingezogen. Jetzt lungert er mit Liebeskummer auf dem elterlichen Sofa herum. Er hat sich mir anvertraut und niemand sonst weiß, dass seine Freundin ihn dabei erwischt hat, wie ein Junge ihn geküsst hat. Er meint, dass das auf einer Party mit viel Alkohol, den er nicht vertragen kann, passiert ist.

„Nicht mal für meine Nöte mit dem abgebrochenen Studium zeigt die Familie Verständnis. Da sage ich doch meinen Eltern nicht auch noch, was in mir vorgeht! Ich weiß ja auch selber noch nicht, was ich will“, hat mich Jakob aufgeklärt. Er war bis vor kurzem mit Nele zusammen, aber warum jetzt auf einmal nicht mehr, das hat mein Cousin nicht gesagt. Er trägt statt seines Dreitagebarts einen ausgewachsenen Bart und im Gegensatz zu seinen sonst so akkurat gebügelten Hemden nur noch Schlabberpullis. Das sei eines Windgassens nicht würdig, mäkelt Onkel Oskar an seinem Sohn herum. Aber er versucht auch, ihn ab und zu mit blöden Witzen über unmögliche Jobs aufzuziehen. Er will ihn damit angeblich aufmuntern, was natürlich nicht gelingt. Wahrscheinlich will er ihn so wieder Richtung Wiederaufnahme des Studiums schubsen.

Bei den Uneinigkeiten nicht nur bei den Windgassens sind die Sommertemperaturen nach einem nebeligen Winter und einem verregneten Frühjahr kein richtiger Trost für die Familie. Dabei blühen schon Kirsch- und Apfelbaumzweige. Nur meine Freunde Sonny, Narek, Frederick, Milla und ich können offensichtlich damit etwas anfangen. Wir treffen uns, so oft es geht, in der Scheune von Bauer Pralle, die er nicht mehr nutzt. Das ist unser Hauptquartier. Bauer Pralle weiß, dass wir uns dort gerne aufhalten und lässt uns gewähren. Dahinter liegt eine Obstwiese, unter deren Bäumen wir oft auf einer Decke sitzen.

Unser Detektivklub, der Oberkommissar Hansen bei immerhin vier Fällen tatkräftig unter die Arme gegriffen hat, braucht neue Aufgaben. Das ist klar! Aber weit und breit ist kein neuer Fall in Sicht. Wenn wir nicht an der Scheune abhängen oder bei Onkel Paul keine Aussortieraktion ansteht, dann treffe ich mich mit meinen Freunden nach der Schule am See in Beyenburg oder im Freibad Neuenhof in Elberfeld. Meine Schwester Klara ist nur selten dabei, sie ist lieber bei ihrem Pflegepferd Filomena, von ihr nur kurz „meine süße Filli“ genannt. Was für ein blöder Name!

Wenn wir uns Narek zuliebe in Elberfeld treffen, dann kommen wir mit den Rädern über die zum Fahrradweg umgebaute Bahntrasse gefahren. Ich habe davon schon echte Radlerwaden, meint meine Mutter. Fahrradfahren ist neben Schwimmen zurzeit mein liebster Sport! Jakob kommt manchmal mit. Der Altersunterschied stört uns nicht. Und es ist nicht die schlechteste Idee, wenn er so auf andere Gedanken kommt. Er hat sein Fahrrad aus der Garage geholt und wieder tipptopp auf Vordermann gebracht. Jakob ist der Schnellste von uns allen und die regelmäßigen Fahrten scheinen ihm gutzutun. Nur früh morgens am Wochenende sind kaum Fußgänger oder Radfahrer unterwegs und nur dann haben wir die Strecke fast für uns alle allein.

Mittwoch, 3. Mai

Am Abend hat Oma zum ersten Mal ausführlich von ihrer Kindheit in Schweden erzählt, wie sie als junges Mädchen mit den Nachbarskindern im angrenzenden Wald gespielt hat. Und, dass ihre beste Freundin direkt nebenan gewohnt hat.

„Ich muss sie besuchen, ich habe sie so lange nicht mehr gesehen“, ruft sie mit einem Seufzer.

„Mache das ruhig, Mutter!“ Mein Vater sagt das sicher

nicht uneigennützig. Er hat schon öfter gesagt, dass er nichts dagegen hätte, wenn Oma Helga mal eine Weile verreisen würde.

„Eine Pause kann nicht schaden“, flüstert er noch hinterher, wohl wissend, dass Oma mittlerweile etwas schwerhörig ist.

„Ich rufe sie gleich mal an!“, strahlt Oma.

Es kommt jedoch anders als gedacht. Freudestrahlend berichtet Oma, dass ihre beste Freundin Inga stattdessen uns besuchen wird. Schon am nächsten Tag will sie die Fähre nehmen und sich dann in einen Zug setzen.

„Platz ist in der kleinsten Hütte“, behauptet Oma.

Papa grummelt, dass er das ausklappbare Gästebett dann aber in das Zimmer seiner Mutter stellen wird. Wie ich ihn kenne, verschanzt sich mein Vater die nächsten Wochen, in denen Inga bei uns blieben will, in seinem Zahnlabor.

Donnerstag, 4. Mai

Jakob hat jemanden im Freibad kennengelernt. Er spricht auf dem Heimweg nur noch von Felix, der nur ein bisschen älter ist als er und einen eigenen Fahrradladen betreibt. Da viele derzeit der Umwelt und der Fitness zuliebe aufs Fahrrad umsteigen, hat Felix so viel zu tun, dass er Jakob einstellen will. Die beiden verstehen sich prächtig und Jakob hat mir erzählt, dass er dort tatsächlich anfangen wird. Wie kann man sich denn in so einer Sache so schnell so sicher sein? Er kennt diesen Felix doch gar nicht. Wie Tante Annette das wohl findet? Wo sie doch so stolz gewesen ist, dass Jakob in Düsseldorf Jura studiert hat. Ihr will er vorerst nichts von den Jobplänen sagen und hat mich beschworen, den Mund zu halten. Felix Sträter ist zwar kleiner als Jakob, aber genauso dünn. Sein braunes Haar hat er am Hinterkopf und an den Seiten abrasiert. Obendrauf hat er es lang gelassen und zusammengebunden. Sie quasseln die ganze Zeit im Freibad, sodass Sonny mault, was sonst nicht ihre Art ist.

„Ich kann mich gar nicht auf mein Buch konzentrieren."

Ich denke nicht, dass Jakob noch den Durchblick hat. Er scheint gerade durcheinander zu sein. Frederick feixt, dass mein Cousin der Oberfahrradladenverkäufer werden wird. Was Jakob sichtlich ärgert. Sie einigen sich auf einen Radsprint, bei dem Jakob mit seinen langen Beinen nur gewinnen kann. Frederick rückt demonstrativ die rote Kappe auf seinen dunkelbraunen Locken zurecht, indem er deren Schirm nach hinten dreht. Auch Milla versucht mitzuhalten. Sonny und ich lassen es direkt.

„Was ist mit euch?", ruft Narek. Ich winke ab. Dann sprinten die vier mit Raketenantrieb los.

Freitag, 5. Mai

„Hast du denn nichts vor?", fragt mich meine Mutter.

„Lass ihn doch, Irene!", nuschelt mein Vater in seinen rötlichen Bart, von dem man meinen könnte, er stamme von einem Wikinger. Dagegen sind die dunklen Barthaare von Jakob nur Flusen.

„Wieso denn, Volker?"

Ich packe gerade die Tasche fürs Freibad aufs Fahrrad und betrachte meine Eltern. Momentan habe ich das Gefühl, sie sind die einzigen in der Familie, die sich nicht streiten. Sie sitzen auf der sonnigen Gartenbank vorm Haus und lesen beide in verschiedenen Teilen der Wochenzeitung. Es ist Nachmittag und mein Vater ist heute unüblicherweise schon früher aus dem Zahnlabor zu Hause aufgeschlagen. Dort fertigt er mit seinem Team künstliche Zähne nach Gipsabdrücken an und feilt sie so lange, bis sie zwischen die natürlichen Zähne der Kunden perfekt passen. Meine Mutter hat die Beine auf einem Hocker hochgelegt. Oma will ihre Freundin vom Bahnhof abholen. Sie möchte unbedingt sofort mit Inga Schwebebahn fahren. Zugegeben, es ist eine besondere Bahn. Diese Bahn hängt an Schienen und schwebt über der Wupper.

„Ich fahre mit Klara und den anderen ins Freibad."

„Kommt aber nicht so spät! Oma beschwert sich sonst wieder, dass sie nach einem späten Abendbrot mit vollem Magen nicht schlafen kann", ruft mir meine Mutter hinterher.

„Oma geht mir wirklich mittlerweile ziemlich auf den Wecker mit ihrer Art!", schnaubt mein Schwesterherz. Klara ist mir hinterher und scheint Gedanken lesen zu können. Sie könnte wirklich mein Zwilling sein, wenn sie nicht jünger wäre. Jeder sagt sofort, dass wir Geschwister sein müssen. Das Johannsche Blut, vererbt von unseren schwedischen Vorfahren, hat uns rotblonde Haare und eine blasse Haut beschert. Klaras Porzellanhaut zieren im Sommer zusätzlich Sommersprossen. Heute herrscht ausnahmsweise Einigkeit zwischen uns. Oma hat ihre rotblonden Haare längst gegen ergraute Haare eingetauscht. Sie bindet sie jeden Tag zu einem strengen Dutt zusammen. Außer, dass Oma immer alles bestimmen will, ist sie aber auch manchmal ziemlich lustig. Sie singt gerne laut und ausgiebig Lieder, wenn sie das Haus putzt und sich nützlich macht, wie sie immer behauptet. Eine Reinigungskraft sei nicht nötig, sagt sie immer.

Und sie glaubt tatsächlich an unsichtbare kleine Hausgeister, von denen ihr Opa früher erzählt hat. Ihr voller Name lautet Helga Alva Anea Johann. Früher hieß sie nicht Johann, sondern mit Mädchennamen Sjöberg, bevor sie Opa heiratete. Sjöberg bedeutet in schwedischer Sprache Meeresfelsen. Felsenfest bleibt sie auch fast immer bei ihrer einmal gefassten Meinung. Da meine Eltern das wissen, kommen sie erstaunlicherweise gut damit klar. Das denke ich während der Fahrt.

Klara und ich sind beide schweigsam. Der Fahrtwind weht mir die halblangen Haare aus dem Gesicht. Ich denke darüber nach, dass Oma Regeln aufgestellt hat, seit ihre Freundin bei uns wohnen soll. Was ihr guttut und was nicht. Ob uns das gefällt, scheint sie nicht zu interessieren. Klara findet das auch schon anstrengend. Irgendwie hat Onkel Paul ja doch mit einigen Dingen recht, die Oma betreffen. Als wir angekommen sind, schließe ich mein Fahrrad an und zahle den Eintritt. Im Freibad schauen wir uns nach den anderen um. Jakob ist schon da und stiert auf sein Handy. Er sieht uns nicht, aber ich habe keine Lust, zu schreien und so auf uns aufmerksam zu machen. Ich schaue auf die Uhr des Handys. Keine Nachrichten auf dem Display. Die anderen kommen bestimmt gleich.

Klara steuert auf Jakob zu und auch ich geselle mich zu ihm. Er hockt auf einer Decke mit Fransen. Die Sonne brennt heute erbarmungslos auf uns herunter.

„Warum liegst du nicht im Schatten?“, fragt Klara unseren Cousin. Sie holt ihre Kappe aus dem Rucksack.

„Hier vorne ist kein Schatten, aber von da hinten, wo die Büsche stehen, ist mir die Strecke zum Becken zu weit.“

„Wo ist denn Felix?“, erkundige ich mich.

„Er muss arbeiten. Er und seine Leute müssen gerade viele Räder reparieren. Wird Zeit, dass ich da mitmache. Bei mir geht es aber erst im Juni los.“ Felix gähnt.

Einige ältere Badegäste ziehen stur ihre Bahnen. Die beiden Bademeister schauen prüfend aufs Becken. Sie tragen blaue Kappen und Sonnenbrillen, weiße Shirts auf brauner Haut und blaue Badeshorts. Einer trinkt aus einem Kaffeebecher. Der andere trägt auf der Wade tätowierte Kreise zur Schau.

Am Rand liegen überall Schlappen herum. Im seichten Wasser kreischen und planschen die Jüngsten.

„Da sind ja auch die anderen!“, ruft Klara.

„Ist das eine Hitze!“, Frederick zerrt sich seinen Rucksack vom Rücken, sein T-Shirt ist nass geschwitzt. Sonny schält sich noch im Stehen aus ihren Sachen. Ich muss zugeben, dass ihr der knallgelbe Badeanzug, den sie schon drunter trägt, astrein steht! Kunststück, mit ihrer braunen samtigen Haut stiehlt sie allen die Show. Die hat sie von ihrem Vater. Ihre seidigen langen Haare, die feinen Gesichtszüge, die langen Wimpern über den grünen Augen hat sie allerdings von ihrer Mutter. Marisa Grisanti ist Parfümeurin und hat ihrer Tochter zum Geburtstag einen persönlichen Duft kreiert. Sie verwöhnt ihre Töchter nach der Trennung vom Vater der beiden Mädchen nach allen Regeln der Kunst. Deshalb duftet Sonny oft in letzter Zeit nach Vanille und Veilchen, was mir gut gefällt. Der Duft ist leider auch beliebt bei Wespen, wie Sonny schon bemängelt hat.

„Ich springe in die Fluten“, kündigt Frederick an, zieht sich um und läuft auf das Becken zu. Mit einem Satz ist er im Wasser. Durch die Arschbombe spritzt es nach allen Seiten.

„Bist du irre? Erst duschen und dann die Treppe nehmen! Da kann sich doch einer verletzen“, donnert einer der Bademeister.

Er scheint neu zu sein, denn Frederick macht solche verbotenen Beckenrandsprünge häufiger. Wahrscheinlich muss er aus Trotz manchmal Grenzen überschreiten, weil sein Vater bei der Polizei ist und so streng darauf achtet, dass sein Sohn auch ja alles richtig macht.

Narek bindet seine braunen Haare zusammen. Ich lasse meine aber, wie sie sind und streiche sie nur mit der Hand aus dem Gesicht.

„Kommt Milla auch noch?“, fragt er.

„Nee, sie will beim Bau der Sauna im Garten helfen“, klärt Klara ihn auf.

Er legt seine Brille sorgfältig ins Etui und folgt Frederick ins Wasser. Kurze Zeit später hängen wir alle am Beckenrand.

„Mann, der Bademeister hat sich ja vielleicht aufgeregt“, grinst Frederick.

„Was hältst du von einer Pommes?“, schiebt er hinterher. Ich nicke zustimmend. Hunger habe ich durch meine Zöliakie eigentlich immer. Wahrscheinlich ist das auch psychisch bedingt. Der Gedanke, auf so viele leckere Sachen verzichten zu müssen, wenn sich die anderen spontan unterwegs Gebäck holen und den Bauch vollschlagen, hängt vermutlich damit zusammen. Frederick isst raue Mengen, aber er nimmt kein Gramm zu. Ich muss hingegen aufpassen, obwohl ich gar nicht so viel esse und mehr Sport treibe. Da kommt er sicher nach seiner Mutter, denn sein Vater ist ja eher stämmig von der Statur her und ein Riese dazu.

Heute ist Oberkommissar Hansen nicht in der Nähe. Wo er doch sonst die Angewohnheit hat, wie aus dem Nichts aufzutauchen. Ich vermute, dass er neben der Navi-App heimlich eine Ortungsfunktion auf Fredericks Handy installiert hat. Frederick berichtet, dass sein Vater gerade schwer beschäftigt sei. Er habe einen Einsatz am Düsseldorfer Flughafen. Ein ganz großes Ding. Mit allen verfügbaren Polizeibeamten sind sie vor Ort und wollen eine Bande hochgehen lassen. Hansen hat schon Tage vorher den Einsatz mitgeplant, um Verbrecher aus dem Ausland zu verhaften.

Samstag, 6. Mai

Omas Freundin ist lautlos heraufgekommen und steht im Türrahmen. Sie lächelt und entblößt ihre etwas zu spitz geratenen Eckzähne. Sie streift ihre Blazerjacke ab, legt sie auf das frisch bezogene Bett, auf das ich gerade auf Wunsch meiner Mutter ein Gästehandtuch gelegt habe, und schnuppert. Dabei wippen ihre grauen Locken.

„Das ist sicher schon das Mittagessen, das da so gut riecht." Sie dreht sich auf dem Absatz um und bewegt sich ebenso leise, wie sie gekommen ist.

Das fängt ja gut an, denke ich. Geräuschlos umherschleichende Mitbewohner sind so ziemlich das Letzte, was ich gebrauchen kann.

„Klara! Tim! Kommt ihr?", ruft meine Mutter von unten. „Oma möchte pünktlich essen!"

Ich setze mich an den bereits gedeckten Tisch, an dem Oma Helga, unser Gast und Klara schon Platz genommen haben. Oma starrt mich prüfend an.

„Hast du dir auch die Finger gewaschen?" Ich schaue sie überrascht an. Ich bin alt genug, dass mir diese Frage schon viele Jahre nicht mehr gestellt worden ist. Währenddessen höre ich, wie mein Vater in der Küche leise auf Mama einredet. Bevor ich etwas erwidern kann, kommt er mit einer dampfenden Schüssel an den Tisch.

„So, jetzt essen wir erst einmal!", sagt er betont fröhlich. Er setzt sich und hört sich an, als ob er nicht gewillt ist, sich seine gute Laune verderben zu lassen. Mama setzt sich ebenfalls.

Mein Vater hebt sein Wasserglas.

„Willkommen bei uns, Inga!"

„Danke, dass ich hier wohnen darf", sagt Inga.

Mama verteilt das Essen. Für mich hat sie extra glutenfreie Nudeln gekocht. Es gibt dazu Kohlrouladen.

„Isst du endlich wieder Fleisch?", fragt Oma Klara.

„Du weißt doch, dass deine Enkelin kaum noch Fleisch

isst, oder? Erst probieren, dann meckern! Die Tofufüllung schmeckt, du wirst sehen!", erwidert mein Vater eine Spur zu energisch und im Namen von meiner Schwester.

„Wie? Das ist kein Gehacktes?" Oma Helga rümpft ihre sehr gerade lange Nase.

Ich finde, dass sie sich wie ein Kleinkind benimmt, das seinen Schokoladenpudding nicht bekommt. Seit diese Inga Olsson hier ist, erkenne ich meine Oma nicht mehr wieder. Mir schmeckt es. Mama hat sich bestimmt Mühe gegeben.

„Fleisch ist wichtig für den Organismus, Kind", tadelt Oma.

„Papperlapapp! Wenn es dir nicht schmeckt, dann esse ich deine Portion", lacht mein Vater.

Oma hebt die Augenbrauen, sagt aber nichts.

Das kann ja demnächst hier alles heiter werden!

Mit den Hühnern aufstehen

Am Sonntag kam Tante Mathilda vorbei und setzte sich zu Tims Mutter und Tim an den Küchentisch. Tim schaute gerade auf seine Notizen und biss in ein Brot. Sofort klappte er seine Aufzeichnungen zu. Er wollte nicht, dass andere darin lasen. Sein Vater arbeitete ausnahmsweise an diesem Wochenende und von Oma und Inga fehlte jede Spur. Oma Helga wollte ihrer Jugendfreundin sicher die Sehenswürdigkeiten der Stadt zeigen. Tante Mathilda trug eine rote Bluse zu einer weißen Jeans und ärgerte sich lautstark über die unbeantworteten Bewerbungen, die sie in letzter Zeit geschrieben hatte.

„Irene, du kannst dir das nicht vorstellen! Es fehlt überall an Personal und die melden sich nicht mal. Die halten es nicht für nötig, einem eine Absage zu schicken. Das ist doch die Höhe!“ Ihr Blick schwankte zwischen Wut und Ratlosigkeit.

„Ich will doch nur einen Halbtagsjob!“, jammerte sie.

„Mathilda, du bist doch auch nicht mehr die Jüngste“,

wendete Tims Mutter nicht gerade taktvoll ein.

Tim kaute etwas schneller, damit er dieser Situation möglichst bald entfliehen konnte. Mit vollem Mund spricht man nicht, dachte er zufrieden. Deshalb beschloss er, höflich zu sein und sagte nichts.

„Warum willst du denn überhaupt arbeiten? Du musst doch gar nicht mehr. Aber wenn du willst, kann ich ja mal meinen Chef fragen. Unser Büroteam kann immer eine helfende Hand gebrauchen, so ist das nicht."

„Ja, das wäre toll! Erich ist öfter beruflich für sein Museum unterwegs und er kann mich nicht immer mitnehmen. Ich sterbe vor Langeweile."

„Schaff dir lieber ein schönes Hobby an! Was ist denn mit deiner Kartenrunde?"

„Die hat sich aufgelöst, weil Emilia nicht mehr so gut sehen kann. Welches Hobby würde mich deiner Meinung nach denn ausfüllen? Sollte ich deinem Sohn beim Lösen eines Falles helfen, was meinst du?" Sie strahlte Tim an.

Er verschluckte sich, stammelte eine Entschuldigung und nahm den Teller mit nach oben. Er wusste, dass sie das nicht ernst meinte. Als er auf der Treppe stand, hörte er die beiden lachen. Er änderte seine Meinung, ging zurück, stellte den Teller auf der Fluranrichte ab, nahm sich das letzte Brot und seine Tasche. Leise zog er die Haustür hinter sich zu.

Nach kurzer Überlegung fuhr er mit dem Rad zu Frederick. Sein Freund öffnete beim zweiten Klingeln.

„Tim! Komm rein!"

Er folgte ihm in sein abgedunkeltes Zimmer. Der Monitor war die einzige Lichtquelle im Raum. Im Rest des Dunkels waren seine Star-Wars-Figuren kaum zu erkennen.

„Wir bräuchten mal wieder einen Fall", sagte Tim und kam

damit ohne Umschweife zum Punkt.

„Hör bloß auf! Mein Vater ist gerade nicht in bester Stimmung. Deshalb will ich ihn auch in keinster Weise reizen. Es ist besser so, dass gerade nichts bei uns ansteht, glaub mir!“, stellte Frederick fest.

„Wieso hat er denn schlechte Laune? Hat er die Bande doch nicht geschnappt?“, wollte Tim wissen.

„Das hat nicht ganz geklappt. Sie wollen ja an die Leute im Hintergrund ran. Offiziell ist alles streng geheim. Er hat diesmal alles unter Verschluss in seinem Schreibtisch und den Schlüssel hat er versteckt. Er wird wirklich schon langsam paranoid, wenn du mich fragst.“

„Was wird er?“

„Er hat schon fast so etwas wie einen Verfolgungswahn, meine ich. Dass ich ihm hinterherspioniere, alle Falldetails an euch ausplaudere und wir uns wieder an den Ermittlungen beteiligen werden, davor hat er am meisten Angst.“

Die Angst war sicher nicht unbegründet und dass Hansen so verhinderte, dass sein Sohn Mittel und Wege finden würde, an Informationen zu kommen, bezweifelte Tim.

„Du meinst, er hat Angst um uns?“, korrigierte Tim seinen Freund, denn im Grunde hatte Hansen schon oft gezeigt, dass er sich um sie sorgte.

„Nee, wohl eher um seine Beförderung. Die steht auf wackeligen Beinen, sagt sein Chef Erwin Hupert, wenn er sich von ein paar Minderjährigen, wie uns, auf der Nase noch einmal herumtanzen lässt.“

„Und was könnte er so ermitteln? Was vermutest du, wenn er sich so dermaßen anstellt und neuerdings alles abschließt?“, erkundigte sich Tim jetzt doch neugierig geworden.

„Ich muss nichts vermuten, ich weiß es längst. Ein Schmugglerring treibt direkt vor den Augen meines Vaters und denen seiner Kollegen sein Unwesen. Es geht hier um eine große Menge Rauschmittel", antwortete Frederick prompt. Er setzte sich auf den Drehstuhl vor seinem Schreibtisch.

„Die Polizei weiß aber nicht genug. Sie wissen nur, dass die Schmuggler ihr Drogenzeug über den Düsseldorfer Flughafen ins Land bringen. Alle Mittelsmänner kennen sie noch nicht. Und, wie gesagt, schon gar nicht die Drahtzieher im Hintergrund, die das Ganze planen", führte er weiter aus.

„Verstehe." Tim nickte.

„Und wo das Zeug dann im Endeffekt landet, haben sie auch noch nicht herausgefunden. Die Spur führt in unsere Stadt, nach Wuppertal und jetzt halt dich fest! Nach Barmen."

„Echt? Da, wohin Tordis und Onkel Paul hinziehen wollen? Das ist ja interessant!"

„Ja, finde ich auch."

„Und woher weißt du das schon wieder alles? Ich denke, dein Vater ist so wahnsinnig darauf bedacht, dass du nichts mitbekommst?" Tim gab seinem Freund eine Vorlage, um sich mal wieder selbst loben zu können. Wo Frederick doch von seinem Vater immer wieder kritisiert wurde.

„Ich habe überall meine Ohren, das weißt du doch! Ich habe ihn telefonieren gehört und seine Stimme ist tief genug, um im Nebenraum etwas zu verstehen. Mir entgeht nichts!" Frederick straffte seine Brust wie der Anführer einer Gorillabande, haute sich sogar leicht mit der flachen Hand darauf und schaute ihn grinsend an. So viel Angeberei fand Tim dann doch übertrieben.

„Ach und weißt du auch, dass Jakob vielleicht neuerdings auf Männer steht?" Tim biss sich auf die Lippe und bereute, dass er das gerade erst erfahrene Geheimnis zwischen Jakob und ihm aus Versehen verraten hatte.

„Was? Wie kommst du denn auf so was? Der geht doch schon ewig mit Nele."

„Ach, vergiss es! Das war nur ein Scherz", sagte Tim schnell, bevor Frederick Fragen stellen konnte. Außerdem wusste er ehrlicherweise gar nicht, ob das auch wirklich der Wahrheit entsprach.

„Sag mir lieber, bis wann Sonny Tanzunterricht hat! Du hast doch immer alle Termine im Kopf. Dann treffen wir uns heute noch alle in der Scheune", sagte Tim. Er dachte an Sonny. Sie hieß eigentlich Sonja und wohnte auch in Beyenburg. Er kannte sie seit einem gemeinsamen Angeltreffen, genauso wie Frederick. Seitdem waren die drei unzertrennlich. Sonny hatte einen Tanzkurs angefangen. Für ihn wäre das nichts! Der Kurs fand um die Ecke in einer Turnhalle statt.

„Wir könnten sie abholen und von da aus zur Scheune gehen", schlug Tim vor.

In ihrem Ortsteil Beyenburg schien die Zeit stehen geblieben zu sein. Auf den Wiesen um den See, auf dem meistens ein Schwanenpaar schwamm, standen kleine Häuser mit schwarzweißem Fachwerk oder grauen Schieferplatten und auch noch einige größere Bauernhöfe. Die alles beherrschende Farbe in dem entlegenen Stadtteil war ein kräftiges Grün. Nicht nur die Hügel waren grün, sondern auch Türen und Fensterläden waren in der Farbe gestrichen, ebenso Zäune und Blumenkästen. Es sah idyllisch aus, Beyenburg galt als ein verschlafenes Nest. Dort grasten friedlich Kühe und Schafe und es passierte nie etwas. Jedenfalls fast nie. Immerhin bis dahin, bis sie auf ihren ersten Fall gestoßen waren.

Tim kannte Narek aus der Schule, weil er zeitweise in Elberfeld bei Onkel Paul gewohnt hatte. Seine Mutter hatte damals eine OP gehabt und alle hatten nicht gewusst, ob sie wieder richtig gehen können würde. Jetzt ging es ihr glücklicherweise wieder richtig gut.

Milla war der letzte Neuzugang in ihrer Runde, sie wohnte im Stadtteil Vohwinkel mit ihrem Vater Pekka Lehto und dessen Schwester Enja zusammen. Sie waren aufgrund der Forschungen ihres Vaters hergezogen und die Nachbarn von Tante Mathilda geworden. Da sie im Garten eine Sauna bauten, hoffte Tim, dass sie länger bleiben würden. Milla hatte verschiedene Augenfarben und sie erinnerte ihn damit an einen Schlittenhund. Ihre Haare waren, wie die von Pekka, pechschwarz und sie trug sie kinnlang, mit einem geraden Pony. Sie wirkte durch ihr Äußeres geheimnisvoll und konnte sehr überzeugend ihre Anliegen vorbringen. Sie konnte einen aber auch mit ihrer Besserwisserei ganz schön zur Weißglut treiben. Narek schwärmte für sie, glaubte Tim, obwohl er das sicher niemals zugeben würde.

Sie waren eine bunte Truppe, wenn er es recht bedachte. Narek hatte sich auch schon gut eingelebt. Er war mit seiner Familie aus Syrien in die Stadt gekommen. Zum Glück hatte sein Vater schnell Arbeit gefunden. Arthur Amadouni arbeitete als Taxifahrer. Früher hatte er als Übersetzer gearbeitet, aber um hier in seinem Beruf arbeiten zu können, fehlten ihm einige Unterlagen. Die hatte er in seiner Heimat zurücklassen müssen. Narek war trotz seiner fehlenden Größe Respekt einflößend. Er hatte oft ein Auge auf seine jüngeren Schwestern und Tim damals vor einem streitsüchtigen Mitschüler gerettet. Und auch sonst war Narek immer zur Stelle, wenn man ihn brauchte.

Er hatte tolle Freunde, auf die er sich verlassen konnte, dachte Tim gerade, als Frederick ihn am Ärmel zupfte.

„Guck dir das an!“ Er deutete auf seinen Rechner.

Tim schaute mehr als ungläubig auf das hell leuchtende Quadrat in der Dunkelheit.

„Das ist doch ..!“

Auf dem Foto, das Onkel Paul auf dem Familienkanal veröffentlicht hatte, sahen sie Onkel Paul mit einem braunweißen Hund. Das, was Frederick ausnahmsweise nicht mitbekommen hatte, war: Den Hund hatte sein Vater von einem Zollkollegen mitgebracht und an Tims Onkel weitergereicht.

Der Hund schlief anfangs viel. Er lag jetzt auch wieder in seinem Korb und hatte seinen braunen Kopf samt Schlappohren auf ein Kissen gebettet. Im Schlaf seufzte er. Tim beobachtete den tierischen Neuzugang von Onkel Paul und Tordis. Er musste sich erst einleben und sich mit dem verlorenen Job als Spürhund abfinden, vermutete Tim. Er musste sich natürlich den neuen Hund anschauen, das war klar! Tims Onkel hatte seiner Tordis den Hund geschenkt, um sich wieder bei ihr beliebt zu machen, wie er Tim verraten hatte. Und es schien, geklappt zu haben.

Tordis entwickelte tatsächlich ein Herz für den Vierbeiner, der aussortiert worden war, da es eine Altersgrenze für die Hunde beim Zoll am Düsseldorfer Flughafen gab. Die Grenze lag bei zehn Jahren. Tim hatte wegen des Spürhundes in einem Artikel eines Lexikons etwas über die Riechfähigkeit von Hunden nachgelesen.

Die Nasenschleimhaut eines Hundes setzt sich aus bis zu 220 Millionen Riechzellen zusammen, die des Menschen nur aus fünf Millionen. Dadurch riechen Hunde intensiver und filtern einen Geruch aus einer Menge an Gerüchen heraus. Sie atmen 300 Mal pro Minute und die Riechzellen werden so ständig mit neuen Duftmolekülen versorgt.

Am Gaumen hinter den Schneidezähnen besitzen sie auch noch ein zweites Riechorgan. Durch das Jacobson-Organ erkennen sie Gemütslagen. Je nach Stimmung verströmt ein

Lebewesen andere Duftstoffe. Daher kommt der Ausdruck, dass Hunde „Angst riechen können".

Hundenasen nehmen sogar Krankheiten wahr. Die darauf trainierten Vierbeiner warnen Menschen vor epileptischen Anfällen oder einer Blutzuckerkrise. Denn vor dem Eintreten solcher medizinischen Notlagen ändert sich deren Geruch.

Zu den besten Spürnasen zählen Schäferhunde und Jagdhunde, wie zum Beispiel Beagles, Labradore und Pointer. Sie spüren Rauschmittel, defekte Gasleitungen und Sprengstoff auf. Sie entdecken verschüttete Lawinenopfer unter einer Schneedecke und Speicherkarten, Festplatten und Handys in Sofaritzen. Aber auch Geldscheinbündel in besonders ausgeklügelten Verstecken.

Weil Tordis unter anderem Geschichte an einer Schule unterrichtete und eine Schwäche für griechische Götter besaß, taufte sie die Hündin auf den Namen Artemis, also Göttin der Jagd, um. Ob das dem Hund entsprach? Zumindest war Artemis ein Labrador-Pointer-Mix und damit von ihrer Herkunft her ein Jagdhund. Sie sollte durch ihr kurzes Haar pflegeleicht und sauber sein, dazu gut mit Kindern auskommen. Alles Gründe, weshalb Onkel Paul sie von Hansen als Geschenk entgegengenommen hatte. Allerdings war Malin viel zu klein, um mit Artemis zu spielen.

„Wir sind mit Malin und Artemis die vier Musketiere!", sagte Onkel Paul und grinste.

„Aber dann müsste Artemis doch wohl Aramis heißen", protestierte Tordis lachend. Sie störte sich nicht daran, dass Onkel Paul manchmal Namen durcheinanderbrachte. Tim freute sich, dass bei den beiden zumindest Waffenruhe herrschte und sie das Streiten somit kurzfristig eingestellt hatten. Er war heute vorbeigekommen, um mit Artemis Gassi zu gehen. Darauf hatten sie sich geeinigt. Das hatte sich die letzten Tage schon bewährt. Artemis kam gut mit, wenn Tim sie an der Leine am Fahrrad mitlaufen ließ. Dann nahm sie alle möglichen Gerüche und Fährten auf. Aber Tim war schlau genug, sie vorerst nicht von der Leine zu lassen, denn er wusste nicht, ob er sie je wieder einfangen konnte, wenn sie einmal losgelassen war.

Artemis hob den Kopf, klappte ein Auge auf und wedelte mit dem Schwanz.

„Na, ausgeschlafen und bereit für eine Runde mit dem Fahrrad?“ Tim kraulte ihr den Kopf und fühlte ihr weiches Fell. Er hörte, wie Tordis und Onkel Paul diskutierten, wann Onkel Paul endlich den Schreibtisch leerräumen würde. Der Tonfall war immerhin nicht so scharf wie sonst. Tim schnappte sich die Leine und legte sie Artemis um, die aufgesprungen war. Sie freute sich sichtlich, sich die Beine vertreten zu können.

„Ich bin dann mal mit Artemis eine Runde drehen“, rief Tim.

„Jaaa, danke dir!“, antwortete Tordis.

Erst am Samstag trafen sie sich wieder, denn dann sollten die Mitglieder der Familie Johann die Vorkoster sein und das Hochzeitsmenü im Vorfeld testen. Onkel Paul, Tordis und Malin warteten mit Artemis im Auto. Jetzt hupte Onkel Paul.

„Los! Beeilt euch!“, mahnte Mama.

„Mutter!“, brüllte Papa.

„Ich komme ja schon! Das habt ihr nur mir und meiner Hilfe zu verdanken, dass wir als Dankeschön schon das Menü in Augenschein nehmen dürfen. Das sind zwar nur kleine Test-Portionen, aber sicher ist sicher. Damit auch ja nichts schiefgehen kann“, behauptete Oma Helga und kam langsam und vorsichtig die Treppe herunter.

„Wo ist denn Inga? Kommt sie auch mit?“, fragte Mama.

„Nein, sie schaut sich den Zoo an.“

„Alleine? So früh? Wo bleibt ihr denn?“, rief Klara, die schon im Türrahmen wartete. In Onkel Pauls neuen Familienbus passten sie alle hinein. Onkel Paul fuhr mit quietschenden Reifen los, als sie nach der Begrüßung eingestiegen und angeschnallt waren. Der Ausflug führte sie also zum auserwählten Italiener in Barmen, der sich nach langem Hin und Her dazu bereit erklärt hatte, eine schwedisch-italienische Hochzeitsfeier auszurichten. Der Besitzer Luigi D'Alberto war mit einem schwedischen Menü einverstanden, bestand aber auf seine eigenen italienischen Weine.

Sie waren knapp dran. Onkel Paul trommelte ungeduldig aufs Lenkrad, während sie an einer Ampel halten mussten. Nachdem ein Parkplatz vor der Tür gefunden war, waren sie endlich angekommen. Luigi öffnete ihnen die Tür des Lokals.

„Ah, benvenuto! Willkommen! Treten Sie ein!“ Galant nahm er ihre dünnen Sommerjacken entgegen. Danach führte er die Gruppe an einen der Tische in dem ansonsten leeren Lokal.

„Dann wollen wir mal!“, ließ Onkel Paul von sich hören.

Tim sah, dass Malin in ihrer Tragewiege eingeschlafen war. Er ließ den Blick schweifen. Durch die hohen geputzten Fenster ohne Vorhänge fiel das morgendliche Sonnenlicht. Die fein gewebten Tischdecken hatten einen Naturweißton und alles sah sehr festlich aus, fand Tim. Sie saßen auf grau gepolsterten Holzstühlen. Auf den Tischen standen Margeriten in Glasvasen und einzelne weiße Kerzen in silbernen Kerzenständern. Der Tisch, an den sie geführt wurden, war schon eingedeckt. Auf den weißen Porzellantellern lag jeweils eine graue Stoffserviette, die sich Onkel Paul sofort in seinen verknickten Hemdkragen steckte. Er schaute erwartungsfroh in die Runde. Er war bereit. So wie alles andere auch. Die Gläser waren poliert und auch das silberne Besteck glänzte. Mama, Papa, Oma und Tordis waren stattdessen in ein Gespräch vertieft. Es ging um den DJ für die Hochzeit, der noch nicht gefunden war.

Mitten unter dem Tisch lag Artemis und verhinderte, dass sie die Beine ausstrecken konnten. Luigi war in die Küche gegangen und kam nicht mehr wieder. Das Essen ließ auf sich warten. Tim schaute auf sein Handy. Es war noch keine zehn Uhr. Sein Magen knurrte, weil er als Einziger so gut wie noch nichts gefrühstückt hatte. Aber es hatte keinen anderen Termin fürs Verkosten mehr gegeben und so testeten sie das Menü quasi als zweites Frühstück. Papa hatte deshalb erst protestiert.

„Ich stehe doch nicht für so ein Testessen mit den Hühnern auf. Das ist doch verrückt! Nur damit ich vorher noch etwas frühstücken kann und trotzdem noch genug Platz für ein Mittagessen im Magen habe.“

Aber das Datum und die Uhrzeit standen unverrückbar fest.

Klara rammte Tim ihren Ellenbogen in die Seite. Sie deutete auf das Speisekartenblatt. Seine Schwester war mit Sicherheit genervt, dass das Essen nicht vegetarisch war. Wo Tordis doch schon auf seine Zöliakie hingewiesen hatte, was bedeutete, dass er noch nicht einmal Getreidemehl in Soßen vertrug, hatte sie nicht noch einen Extrawunsch wegen Klara äußern wollen.

Soppe und Vnille stand da schwarz auf weiß. Darüber würden sich die Erwachsenen noch aufregen, wenn es ihnen auffiel, dachte Tim. Die Speisekarte war offensichtlich kurzfristig und nicht sehr sorgfältig getippt worden. Oma hatte sich für die Zusammenstellung des Menüs Anregung beim schwedischen Königshaus geholt. Dafür hatten sie und Tordis ihre aufgehobenen Zeitschriften zum Thema „königliche Hochzeit“ gewälzt. Die Fotos hatten sie daraus mit dem Drucker von Tim kopiert und diese bei der Besprechung dem Koch, der jetzt in der Küche lauthals eine italienische Opernarie sang, unter die Nase gehalten. Onkel Paul hatte zwar über die Kosten gemault, aber dann doch diesem Testessen zugestimmt. Denn mit Kalbsfilet und Erdbeermouse konnte er sich durchaus anfreunden, hatte er gemeint. Das wusste Tim bereits alles von seiner Mutter.

Hochzeitsmenü für die Eheleute Blum
1. Gang * Fisch
Hummer, serviert mit Sommer-Trüffeln,
in Limette marinierter Kabeljau auf Gurkenbett,
dazu kalte Soppe aus pürierten Erbsen
2. Gang * Fisch
Saibling im Kräutermantel mit Bärlauch-Sauce,
grünem Spargel und Roter Beete
3. Gang * Fleisch
Kalbsfilet mit gerösteten Schalottenzwiebeln
in einer Estragonkräutersauce,
dazu Kartoffelgratin mit Käse
und karamellisierten Karotten mit Thymianzweigen
4. Gang * Nachtisch
Erdbeermouse, Sahne, Baiser und Vnille-Eis
in weißer Schokolade

Luigi kam mit einem Lächeln und einem Tablett aus der Küche. Die Probierportionen des ersten Ganges auf den Tellern waren in der Tat ziemlich klein.

„Hmm“, machte Tordis und lächelte.

„Ist doch gar nicht so schlecht, oder? Paul, sag was!“ Tordis strahlte Onkel Paul an.

„Hauptsache, es ist kein Elchfleisch!“, witzelte Papa, um die Stimmung zu retten, und Klara verschluckte sich fast vor Lachen.

„Das kannst du doch gar nicht richtig beurteilen. Das gab es nur selten in deiner Kindheit. Du weißt gar nicht, was gut ist“, meckerte Oma mit vollem Mund. Tim schaute sich um. Zum Glück war Luigi wieder in der Küche verschwunden. Er fand, sie verhielten sich alle albern. Tim schmeckte es gut. Was hatten die anderen bloß? Ihm war das Herummäkeln peinlich. Die Trüffelknollen rochen nach Knoblauch und schmeckten nach kräftigem Camembertkäse mit einer Honignote. Ungewöhnlich zum Hummer, aber gut!

Er kannte bislang nur das schwedische Hummeressen seiner Familie, bei dem eine Dillsauce verwendet wurde. Seine Oma pflegte eine ausgesprochene Liebe zum Dillgewürz. Tim beobachtete die anderen. Die einen waren begeistert, die anderen eher kritisch. Zu Letzteren gehörte Onkel Paul. Obwohl er nichts sagte, hatte er einen skeptischen Gesichtsausdruck. Aber er traute sich wohl nicht, etwas dagegen zu sagen, wenn Tordis sich so freute, vermutete Tim. Das Servieren des nächsten Ganges dauerte ebenfalls. Klara nutzte die Zeit, um auf ihr Handy zu starren, das sie unterm Tisch festhielt. Tim machte es ihr nach und schaute bei den Kanälen seiner Mitschüler vorbei, ob dort neue Bilder von ihnen zu sehen waren.

Plötzlich brach ein Streit in der Küche aus. In italienischer Sprache. Tim sehnte sich Sonny herbei, die als Halbitalienerin sicher einige Worte davon verstehen würde. Alle schauten sich betreten an. Dann hörten sie eine ungeölte Tür und noch mehr aufgeregte Stimmen. Es wurden offensichtlich Kisten verladen. Wagentüren wurden geknallt. Tim meinte, ein Hundebellen und Straßengeräusche zu hören. Wahrscheinlich führte von der Küche eine Tür zum Hinterhof. Vielleicht bekamen sie eine Lieferung mit frischen Zutaten.

„Hoffentlich beklagt sich der Koch nicht, dass er kein italienisches Menü machen darf", murmelte Tordis. Malin wachte auf und brüllte auf einmal wie am Spieß, sodass Tordis mit ihr auf dem Arm das Lokal verließ, um sie zu beruhigen.

„Tut mir sehr leid. Es geht sofort weiter", beteuerte Luigi.

Er servierte den zweiten Gang, der Tim noch besser schmeckte als der erste.

„Also, ich bin zufrieden", sagte Tim.

Die Lokaltür wurde geöffnet und Luigi begrüßte überschwänglich drei Männer. Der mit dem Dreitagebart hatte einen Gitarrenkoffer bei sich und blieb. Der mit der kurzen Igelfrisur trug eine Sonnenbrille und Silberringe und rauchte im Lokal weiter, was Oma naserümpfend bemerkte. Und der dritte Mann hatte seine ergrauten Haare mit Gel nach hinten gekämmt. Ein schwarzes Brillengestell und ein aprikotfarbenes Hemd komplettierten seinen Auftritt.

Mit dem Bebrillten und dem Igelmann verließ Luigi den Raum. Dann kam er wieder und stellte den Dreitagebart vor.

„Das ist Stefano. Er wird während des Hochzeitsessens spielen, wenn sie mögen", erklärte Luigi. Besänftigende Klänge untermalten von nun an ihr Essen und auch Malin, die wieder in ihre Wiege abgelegt worden war, schlummerte selig.

„Die Musik ist okay", gab Onkel Paul zu. Er widmete sich genüsslich seiner Portion Fisch im Kräuternussmantel.

Stefano zupfte die Seiten und lächelte. Seine Zähne waren strahlend weiß. Er hatte ebenmäßige Gesichtszüge und dunkle Locken und trug ein figurbetontes weißes Hemd zur blauen Jeans. Seine Hände waren auffällig feingliedrig.

„Wo ist eigentlich Artemis?“, rief Klara auf einmal. Tim schaute erschrocken unter den Tisch, indem er die Tischdecke anhob. Sie lag nicht mehr an ihrem Platz.

„Sie ist weg!“, bestätigte er. Er schaute ungläubig ein zweites Mal nach.

Ein Geschenk des Himmels

Alle redeten durcheinander und riefen nach Artemis.

„Sie ist vielleicht in die Küche gelaufen“, kündigte Tim an und lief in Richtung Kücheneingang. Aber Luigi stellte sich Tim in den Weg.

„Kein Zutritt für Gäste, junger Mann“, belehrte er Tim und schob ihn sanft zum Tisch zurück.

„Ich werde nach dem Hund sehen und komme gleich mit dem Ausreißer zurück.“ Luigi gab Stefano ein Zeichen, er solle weiterspielen, und entschwand mit schnellen Schritten. Tim sah ihm nach. Als Luigi auftauchte, hatte er Artemis nicht dabei.

„Es tut mir sehr leid, aber ihr Hund ist wohl zur Hintertür raus. In der Küche ist er nicht.“ Er zuckte mit den Schultern.

„Meine arme Artemis, hoffentlich ist sie nicht auf die Straße gelaufen!“, jammerte Tordis und sprang auf.

„Wo willst du denn hin?“, wollte Onkel Paul wissen.

„Sie suchen! Was sonst? Wie kannst du nur so ruhig bleiben?“

„Wartet mal! Ihr probiert einfach weiter das Menü und ich werde sie suchen“, nahm Tims Vater das Ganze in die Hand. Tims Mutter streichelte ihrer zukünftigen Schwägerin über die Schulter. Tordis kämpfte mit den Tränen.

„Wo kann sie nur sein?“, flüsterte sie aufgebracht. Tim war sich sicher, dass Artemis noch nicht weit gekommen war. Luigi servierte unbeeindruckt weiter.

„Darf ich Ihnen einen Weißwein einschenken?“ Luigi bemühte sich besonders um das Wohlergehen von Onkel Paul. Mit Sicherheit machte er das, weil Onkel Paul derjenige war, der offensichtlich noch vom Menü überzeugt werden musste. Onkel Paul hielt ihm sein Glas entgegen, damit er es erneut auffüllen konnte.

„Der Weißwein gehört zu den besten Italiens. Sein Geschmackspotpourri besteht aus dem Duft von Aprikosen, Birnen und Mandeln. Die Trauben werden schonend gelesen“, säuselte Luigi.

„Wenn du mehr trinkst, muss ich fahren“, stellte Tordis fest.

„Wieso regst du dich so auf? Ich muss doch alles probieren!“

„Ja, nur probieren!“

Tordis verdrückte ein paar Tränen, aber sie zogen das Testessen dann doch noch ohne Wenn und Aber durch. Allen war nicht ganz wohl dabei. Nach einer Weile kam Tims Vater wieder zurück. Die Suche hatte nichts ergeben.

Nach den vielen Aussortierstunden war dann doch noch der Tag des Umzugs unaufhaltsam näher gerückt. Am nächsten Tag zogen Onkel Paul und Tordis von Elberfeld nach Barmen. Von Artemis' Aufenthalt fehlte weiter jedes Anzeichen, was die Nerven der beiden zusätzlich strapazierte. Alle waren bei den beiden eingetroffen, um mit anzupacken: Familie, Freunde, Kollegen, aber auch fünf Mitarbeiter einer Umzugsfirma. Onkel Paul hatte die kräftigen Möbelpacker zur alten Wohnung bestellt. Sie zerlegten die Schränke in Windeseile und alle anderen schleppten, teilweise mit hochrotem Kopf, schon einmal die gepackten Kartons nach unten, wo der gemietete Transporter stand.

„Ich dachte, Paul hätte alles aussortiert", presste Onkel Oskar hervor und hievte seine Last auf die Laderampe.

„Quatsch, das kannst du vergessen", stellte Oma Helga fest. Sie dirigierte das Unternehmen, obwohl Onkel Paul sie sicher nicht darum gebeten hatte.

„So, die erste Ladung wäre komplett", sagte Tims Vater und sprang aus dem hinteren Teil des Wagens. Er ließ die Plane herunter und machte sie fest. Danach setzte er sich ans Steuer. Zwei der professionellen Packer stiegen ebenfalls vorne ein.

„Dann mal los!", klopfte Oma an die Autotür und Volker Johann steuerte das große Auto aus der Straße. Ihm folgte ein PKW mit Tante Annette und Jakob sowie Klara und Tim auf der Rückbank. Tordis wartete in der Parsevalstraße mit Tante Mathilda, Tims Mutter und einigen anderen. Dort wollten sie die Kartons in die richtigen Zimmer bugsieren und eventuell schon beim Auspacken helfen.

Das Auspacken war allerdings so eine Sache. In neu zusammenmontierte Möbel ordnete man ungern zum Teil noch unsortierte Dinge wieder ein. Deshalb ließen Tim und Klara die Kartons von Onkel Paul vorerst links liegen und standen in dem Arbeitszimmer von Tordis. Die Kisten hatte Tordis fein säuberlich beschriftet. Neben der Tür stand der leere Korb von Artemis. Sie alle hofften inständig, sie würde bald von ihnen gefunden werden.

„Ins erste Regal könnt ihr die Bücher und Unterlagen für meinen Schulunterricht einräumen, ins zweite Regal sollen die Romane in englischer und deutscher Sprache einsortiert werden und das dritte Regal ist für die Sachbücher, vor allem die Geschichtsbücher, gedacht", sagte Tordis überflüssigerweise, denn das hatte sie auch schon auf die Kartons geschrieben.

„Okay, machen wir. Das sollte kein Problem sein", antwortete Klara. Tim sah das auch so. Er hatte aber schon Angst vor dem nebenan liegenden Arbeitsraum. Deshalb nahm er sich vor, sich Zeit zu lassen.

Tordis ließ sie allein. Sie hatte sich Malin, in einem Tragetuch eingewickelt, vor den Bauch gebunden. Sie keuchte etwas, weil sie immer zwischen allen hin und her rannte, um alles dirigieren zu können. Es war ein heißer Tag und noch vor Mittag. Es würde sicher anstrengend werden, dachte Tim. Er hob den ersten der zwei Geschichtskartons und stellte ihn vor dem dritten Regal mit größter Kraftanstrengung ab.

Er ordnete einige Bücher zum Thema Antike ein, darunter eines über den gallischen Krieg von Julius Cäsar und ein Werk über Alexander den Großen. Dann folgte ein schweres Buch, das „Römische Geschichte" hieß. Ein Buch handelte von Ägyptern und deren Pyramiden. Zehn Bücher besaß Tordis zu den Themen Mittelalter, Burgen und Ritter. Da würde Tim sicher mal das ein oder andere nachlesen wollen. Zwei dünne Bücher behandelten die golden ausstaffierte Rokoko-Epoche und Ludwig den Vierzehnten, den eitlen, mit Schmuck behängten französischen Sonnenkönig. Tim betrachtete eines der Titelbilder und las den Klappentext auf der Rückseite.

Ein Buch hatte Thor Heyerdahl geschrieben, worin er seine abenteuerlichen Erlebnisse mit dem Floß auf dem Pazifik schilderte. In dem Tagebuch der Anne Frank beschrieb ein jüdisches Mädchen, das sich mit ihrer Familie im Zweiten Weltkrieg vor den Nazis verstecken musste, ihren eingeschränkten Alltag in dem Versteck eines Hinterhauses. Tim hatte schon davon gehört. Gelesen hatte er das Buch noch nicht. Der Karton war fast leer.

Es blieben drei Bücher übrig, die ihm besonders ins Auge sprangen. Die ersten zwei waren Bücher über Barmen. Diese legte Tim heraus.

„Was machst du da?“, fragte Klara.

„Die will ich mir ausleihen. Die Bücher handeln über Barmen. Da kann ich ja vielleicht hier die Gegend mit erkunden.“

„Echt jetzt?“

„Wieso nicht?“ Tim lächelte. Klara hatte keinen Sinn für das Fach Geschichte, ihr wären Bücher über andere Fächer oder auch Pferdebücher lieber gewesen, das wusste er. Aber Tim hatte schon so viel von Tordis über alte Zeiten erzählt bekommen, dass er daran sehr interessiert war. Zumal dieses Wissen für einen ihrer Fälle goldwert gewesen war. Wer weiß, vielleicht konnte es ihm diesmal auch wieder helfen? Falls sich überhaupt etwas in der Richtung tat. So richtig konnte er nicht daran glauben, dass Drogenhändler hier um die Ecke ihr Unwesen trieben.

Der Inhalt des letzten und von ihnen allen übersehenden vierten Kartons sollte, wie sich noch herausstellte, in das kleine Regal über dem Schreibtisch einsortiert werden. Diesen Karton hatte Tordis mit „Schullektüre/19. Jahrhundert“ beschriftet. Tim öffnete ihn und packte „Wilhelm Tell“ aus, ein Buch über den Mann, der angeblich in alten Zeiten für die Freiheit der Schweiz gekämpft hatte.

Dann fischte er „Grimms Kinder- und Hausmärchen“ aus dem Karton. Tim kannte so ziemlich alle Märchen. Er besaß eine Schmuckausgabe mit schön gezeichneten Bildern. Im Vorwort des Buches, das er in seinen Händen hielt, hieß es, dass die Märchen gar nicht von den gelehrten Brüdern selbst stammten. Sie hatten die zuvor nur mündlich erzählten Märchen gesammelt und aufgeschrieben. Zu den von ihnen interviewten Märchenerzählerinnen gehörten Marie Hassenpflug, ihre Schwägerin, und Marie Clar. Clar war die Kinderfrau von Dortchen Wild, der späteren Ehefrau Wilhelm Grimms. Auch die Marktfrau Dorothea Viehmann, geborene Pierson, und die Pfarrerstochter Friederike Mannel steuerten Märchenversionen bei. Sie hatten allesamt hugenottische Vorfahren in der Familie und kannten deshalb besonders die Märchen aus der französischen Heimat, stand da.

Früher hatte seine Mutter ihm und Klara viele Märchen aus der Sammlung der Grimms vorgelesen. Diese Märchen waren Geschichten, die häufig mit den Worten „es war einmal“ begannen und mit der Redewendung „und wenn sie nicht gestorben sind, dann leben sie noch heute“ endeten. Darin konnten Tiere sprechen und es passierten dauernd magische Dinge an verwunschenen Orten. Sie waren wohl die Vorbilder der Autoren der Fantasy-Bücher. In den meisten Fällen mussten sich die Hauptfiguren einer Prüfung oder Aufgabe stellen. Glücklicherweise wendete sich am Ende alles zum Guten.

Tim erinnerte sich daran, wie seine Schwester und er begeistert den wasserspendenden Märchenbrunnen aus Sandstein im Elberfelder Zooviertel nach einem Zoobesuch entdeckt hatten. In vier Nischen wurden Szenen aus den Märchen Dornröschen, Schneewittchen, Rotkäppchen und Aschenputtel dargestellt.

Er stellte das Buch ins Regal und machte weiter. Was lag noch in dem Karton? Das Buch „Die drei Musketiere“ von Alexandre Dumas war ganz zerfleddert und Tordis hatte an vielen Stellen weiße Zettel mit Notizen eingelegt. Die Buchumschläge von „Alice im Wunderland“ und von „Max und Moritz“ waren bunt gestaltet, sie erinnerten ihn an Comics. Alice war ein Mädchen, das in ein Kaninchenloch fiel und dann Abenteuer erlebte. Die Bücher „Die Abenteuer des Tom Sawyer“ von Mark Twain und „Die Schatzinsel“ von Robert Louis Stevenson hatten jeweils einen alten Stoffeinband. Er entdeckte „Winnetou“ und „Heidi“. Er hatte nicht gewusst, dass die Geschichten schon so alt waren. Sie wurden doch dauernd neu verfilmt.

Plötzlich entdeckte er zwischen den Büchern „Moby Dick“ und „Oliver Twist“ eine Ausgabe des berühmten Detektivs Sherlock Holmes. Tim strich liebevoll darüber und legte es ebenfalls zur Seite. Neben Jules Vernes Buch „Die Reise zum Mittelpunkt der Erde“ hatte sie noch Bücher von Edgar Allan Poe, unter anderem dessen Detektivgeschichten. Was für Schätze Tordis doch zwischen all den anderen Büchern besaß!

Es kam eine Nachricht übers Telefon. Von der Schule. Er freute sich, dass sie am nächsten Tag keine Schule haben würden, denn es gab wegen der angekündigten großen Hitzewelle schulfrei! Vielleicht konnte er im Garten einen der Krimis lesen oder in den Büchern über Barmen blättern? Allerdings fürchtete er, dass ihm keine Zeit dazu bleiben würde, wenn sie nach Artemis suchen würden. Er wollte sich, wenn er frei bekam, natürlich an der Suche beteiligen. Ob er und Klara hier übernachten konnten, ob den beiden das recht war? Aber sie wussten ja nicht einmal, wo sie mit der Suche anfangen sollten.

Es war so eine Nacht, in der sich die Temperaturen nicht abkühlten. Die Fenster waren geöffnet und trotzdem fühlte sich die Luft stickig an. Tim konnte in dem neuen Zuhause von Tordis und Onkel Paul nicht schlafen. Lag es an den noch nicht ausgepackten Kartons? Er starrte ins Halbdunkel und grübelte über den Verbleib des Hundes nach. Er hatte unbedingt mit Klara bei ihnen hier in Barmen bleiben wollen. Sie wollten am nächsten Tag beide helfen, nach Artemis zu suchen. Auch hatte Tim das Gefühl, er wäre dann schneller vor Ort, falls Frederick etwas von einem Einsatz seines Vaters in dem Stadtteil mitbekommen sollte.

Da hörte er ein Geräusch. Als er aufstand und aus dem Fenster spähte, bemerkte Tim Taschenlampen, deren Kegel die Umgebung beleuchteten. Hatten sich die Erwachsenen heimlich verabredet, um Artemis noch nachts zu suchen, und ihm nicht Bescheid gesagt? Oder wer leuchtete da wild in die Dunkelheit? War Artemis hier gesichtet worden? Das Lokal lag in der Nähe. Konnte Artemis zurückfinden? Oder waren das bloß die Nachbarn, die spät nach Hause kamen und ihren Schlüssel nicht fanden?

Er hörte wieder ein Geräusch. Diesmal aus dem Flur. Klaras Atem hörte sich gleichmäßig an. Sie war nicht aufgewacht. Tim schlich aus dem Zimmer, in dem er und seine Schwester untergebracht waren.

„Tim, was machst du denn hier?" Tordis stand im Flur und hielt die quäkende Malin auf dem Arm und wiegte sie.

„Kannst du auch nicht schlafen?"

„Nein", gab Tim zu.

Tim ging zurück. Er holte die Bücher von Tordis, die er sich ausgesucht hatte, und setzte sich zu ihr. Sie hatte es sich auf der Sofalandschaft im gegenüber liegendem Wohnzimmer gemütlich gemacht. Dazu hatte sie die Tischlampe angeknipst und sich ein Leinenkissen in den Rücken geschoben. Tordis legte Malin zum Stillen an ihre Brust an. Malin machte schmatzende Geräusche unter einem Tuch.

„Lesen hilft immer“, stellte Tordis fest. Dann konzentrierte sie sich auf ihre Tochter. Durch das Fenster zeigte sich ein leuchtender Mond am Himmel und Grillen zirpten unten in dem Garten. Sonst war nur das Schmatzen des Babys zu hören.

In dem Buch, das sich Tim vornahm, ging es darum, wie sich das Zentrum Barmens entwickelte. Anfangs lag die Zahl der Höfe in dem Barmer Gebiet bei nur 51. Das lag auch daran, dass die Folgen des Dreißigjährigen Krieges nach über 50 Jahren immer noch nicht überwunden waren. Die Häuser lagen teilweise noch in Trümmern. Viele Einwohner waren gestorben oder geflohen. Es gab kaum noch Menschen, die im Ort in intakten Häusern lebten. Der herrschende Kurfürst wollte aus dem Grund das Gebiet neu aufteilen. Er verkaufte das nicht mehr dicht besiedelte Land seines Reiches an Zugereiste, damit sie sich dauerhaft dort niederließen. Ihm war es egal, welchen Glauben sie hatten. Er erhoffte sich, dass sie sein Land wieder mit aufbauten.

So kamen unter anderem evangelische Hugenotten, die wegen des Verbots ihrer Religion im eigenen Land vor einigen Jahren aus Frankreich geflohen waren, in das Tal an der Wupper. Von ihnen war doch in dem Vorwort der Grimmschen Märchen zu lesen gewesen, erinnerte sich Tim. Der katholische König Ludwig der Vierzehnte bedrohte ihr Leben, wenn sie nicht ihrem Glauben abschworen und zum katholischen Glauben wechselten. Nicht selten hatten sie deshalb auf der Flucht Hunderte von Kilometern zu Fuß zurückgelegt, um woanders eine Heimat zu finden, las er. Das stellte er sich anstrengend vor, zumal man dann ja auch kaum etwas mitnehmen konnte. Onkel Pauls Sachen wären verloren gewesen. Er hätte von all dem Zeug nichts behalten können. Die verfolgten Hugenotten kamen also heimlich und ohne ihre meisten Habseligkeiten über die französischen Grenzwälder in die Nachbarländer.

Zu den Zufluchtsorten, die für die Hugenotten zu einer neuen dauerhaften Heimat wurden, zählte auch die bergische Gegend. Die Hugenotten halfen also auch beim Wiederaufbau des Wuppergebietes und brachten ihr Wissen mit. Dafür bekamen sie Glaubensfreiheit zugesichert und wurden für ein paar Jahre davon befreit, Steuern zahlen zu müssen. Man stellte ihnen verlassene Häuser zur Verfügung sowie das notwendige Baumaterial für die Reparatur.

Einige Landwirte und Bleicher, die schon in dem Barmer Gebiet wohnten, übernahmen sogar den Glauben der Zugewanderten. Denn es beeindruckte sie, dass die Flüchtlinge an ihrem Glauben festhielten und die Flucht aus dem eigenen Land in Kauf nahmen. So wurde in dem Barmer Dorf Gemarke bald eine evangelisch-reformierte Kirchengemeinde gegründet. So entstand eine neue Kirche, aber auch neue Steinhäuser und ein Rathaus. Der Mühlenweg, der bis dahin ein unebener Fuhrweg war, wurde gepflastert und die hölzerne Brücke im Heubruch zur Steinbrücke ausgebaut. Die Bewohneranzahl war durch die neuen Bewohner enorm angewachsen.

Die hugenottischen Handwerker und Kaufleute brachten nicht nur den Glauben mit, sondern auch Kenntnisse und Erfahrungen, die es in dem Dorf zuvor nicht gegeben hatte. Sie waren für den Kurfürsten ein Geschenk des Himmels. Viele arbeiteten im Textilgewerbe. Sie waren Seifensieder, Färber, Wollspinner, Seidenweber, Knopfmacher, Handschuh- und

Strumpfweber, Spitzenklöppler, Perücken-, Hut- und Uhrmacher, Goldschmiede und Parfümeure. Auch waren Gobelinteppich-Weber unter den Flüchtlingen, ebenfalls Spiegelhersteller, Pastetenbäcker, Buchbinder und Apotheker. Nicht alle 46 ausgeübten und aufgeführten Berufe kannte Tim. Er kannte nur Sonjas Mutter, die einen der genannten Berufe ausübte. Sie war Parfümeurin.

Der Austausch mit den Spezialisten inspirierte die Einheimischen und führte zu weiteren Erfindungen. Johann Heinrich Bockmühl verbesserte zum Beispiel eine Flechtmaschine für das Herstellen von Schnürsenkeln und anderen geflochtenen Bändern. Diese Barmer Artikel waren später sehr beliebt. Dazu gehörten auch gezwirnte Kordeln für Beuteltäschchen und geklöppelte Spitzen für Kleiderbesätze.

Wanderhändler, im Bergischen Kiepenkerle genannt, trugen die Barmer Artikel in ihren Korbkiepen auf dem Rücken in die Nachbarstädte und bis in die Niederlande. Dort verkauften sie die Klein- oder Kurzwaren, welche von da aus in alle Welt verschifft und dadurch weltberühmt wurden.

Trotz der neuen technischen Entwicklungen blieb Barmen durch die weiten Wiesen geprägt. Die Auenwiesen waren weiterhin von Wassergräben zerschnitten und mit den behandelten, gewässerten und in der Sonne ausgeblichenen weißen Leinentüchern bedeckt. Tim stellte sich das Dorf an der Wupper vor. Hatte es einmal wie Beyenburg ausgesehen, wo er wohnte? So idyllisch und friedlich? Tim schaute zu Tordis herüber, wie sie dort saß und die schmatzende Malin auf dem Arm hielt. Mocca war unter dem Sofa aufgetaucht. Seit die ehemalige Nachbarin von Tordis im Krankenhaus lag, lebte auch Mocca seit kurzem in der neuen Wohnung. Der schwarze Kater spielte hingebungsvoll mit einem roten Wollknäuel. Ob er froh war, dass Artemis nicht mehr da war oder vermisste er seinen tierischen Kollegen?

Als er weiterlas, begriff Tim, dass die Idylle des Barmer Dorfes nach dem Aufschwung schon sehr bald getrübt wurde. Das sonst so klare Wupperwasser wurde plötzlich zeitweise blutrot gefärbt. Tim erfuhr nun etwas über das geheime Wissen des Rotfärbens. Die Herstellung des roten Farbstoffs war Jahrhunderte lang ein sorgsam gehütetes Geheimnis gewesen, erst in Mexiko und dann von den Spaniern eifersüchtig bewacht und verteidigt. Die Spanier brachten Tonnen des Farbstoffs mit Schiffen in ihre Heimat. Der Farbstoff aus Mexiko wurde aus getrockneten, mit Blut vollgesaugten Schildläusen hergestellt. Für ein Kilo der Farbe wurden Hunderttausende Tiere von stacheligen Kakteen mühselig abgepflückt. Ganze zehn Kilo benötigte die Herstellung eines Herrschermantels.

„Igitt!“, stöhnte Tim. Er schüttelte sich.

Tordis reckte den Hals, um zu sehen, was Tim gerade las. Er blätterte wieder in dem Fototeil des Buchs.

„In dem Buch werden die Barmer Färber und ihre Techniken beschrieben. Sie waren irgendwann berühmt für ihr Türkischrot. Es war ein neues Verfahren mit den zuvor schon verwendeten Krappwurzeln und löste den schwierig gewonnenen und teuer transportierten Farbstoff aus Mexiko ab.“

„Krapp? Was ist das?“

„Das sind Wurzeln, die einen roten Farbstoff enthalten. In der Nähe der Werther Brücke gab es eine Farbmühle. Sie gehörte der Familie Carnap. Sie mahlten dort irgendwann kein Getreide mehr, sondern zerkleinerten die getrockneten Krappwurzeln fürs Färben. So wichtig wurde das Färben für Barmen, dass einige Mühlen zu Farbmühlen wurden.“

Tim entdeckte den Straßennamen „Farbmühle“ auf der Karte. Dort war der Standort der ehemaligen Barmer Mühle auf einer der nächsten Seiten im Buch angegeben. Das war ganz in der Nähe der heutigen Barmer Fußgängerzone, die als der „Werth“ bezeichnet wurde.

„Und was war an dem neuen Verfahren so besonders?“

„Ohne das neue Verfahren war der mit Krapp erzielte Rotton nicht so schön leuchtend gewesen und nach der ersten Wäsche direkt wieder verblasst. Aber mit Hilfe der Rezepte der Hugenotten konnten sie auf einmal auch so ein dauerhaftes und leuchtendes Rot mit den Krappwurzeln erzeugen. Der neue Farbton war also mit dem aus den Schildläusen hergestellten endlich vergleichbar. Und Krapp war viel einfacher zu ernten.“

„Was macht ihr hier?“ Klara stand im Türrahmen und tapste dann barfuß zum Sessel, auf dem Tim saß. Sie kuschelte sich an seine Seite und ihre Haare rochen noch nach Schlaf. Der Sessel bot Platz genug für zwei, aber sie machte sich doch ziemlich breit. Dabei war sie doch so schmal. Klara lehnte ihren Kopf schwer auf seine Schulter.

Es wurde im Buch erklärt, woher die Rezepte stammten. Das Türkischrotfärben kam tatsächlich ursprünglich aus der Türkei. Von dort nahmen Färber die geheimen Rezepte mit nach Griechenland. Einige griechische Färber siedelten nach Frankreich um und gründeten dort neue Färbebetriebe. Die geflohenen Franzosen brachten das Verfahren mit nach Barmen.

„Und wie funktionierte das neue Verfahren, das hier so kompliziert beschrieben wird? Weißt du etwas darüber?“, fragte Tim Tordis leise. Er wollte weder Klara, die schon wieder eingenickt war, noch die Kleine aufwecken.

„Der Kniff war, dass Tournantöl verwendet wurde. Das vergorene Restöl aus der Olivenölgewinnung war dickflüssig und trübe aufgrund der darin enthaltenen Pflanzenfasern. Durch die Beigabe von zerriebenem Schiefer-Alaunstein und einer Sodalösung entstanden damit unlösliche Seifen. Stell dir vor, du reibst ölige Seife ins Stoffgewebe, sodass sich die Poren verschließen. Das wird dann ganz glatt. Auf einer glatten Stoffunterlage hält die Farbe viel besser."

„Das war also das Geheimnis und das erreichten sie durch das Öl und den Seifeneffekt? Verstehe!"

Mocca strich ihm um die Beine und schnurrte.

„Später gelang es sogar, durch diese neu erworbenen Erfahrungen, den Farbstoff in Fabriken künstlich herzustellen. Der Färbevorgang war nicht mehr aufwendig und dauerte auch nicht mehr so lang."

Sie legte Malin über ihre Schulter, damit diese ein Bäuerchen machte. Ein Milchschwall landete auf dem Schultertuch, das Tordis vorsorglich dort platziert hatte.

„Und dann? Wie ging es für die Barmer weiter?", fragte Tim.

Tordis wischte mit einem Tuch über den verschmierten Mund ihrer Tochter.

„Ihr müsst jetzt aber wirklich schlafen."

„Och, bitte! Lass uns doch nur noch ein bisschen hier sitzen! Ich bin noch gar nicht müde!"

Malin schnarchte durch ihre winzige Nase.

„Das hat sie von Paul", kicherte Tordis und schaute ihre Tochter verliebt an. Tim schob die schlafende Klara sanft zur Seite und stand auf. Er guckte sich die Kleine jetzt ebenfalls an. Sie hatte dicke Bäckchen und glich einem Hamster, der in seinen Backentaschen ein paar Vorräte versteckt hielt.

Tordis stand auf.

„Du solltest dich jetzt wirklich wieder schlafen legen. Wecke Klara, sie soll auch zurück ins Bett gehen."

„Nur noch eine halbe Stunde. Ehrenwort."

„Na gut!" Sie schlich mit Malin aus dem Raum, damit sie

nicht aufwachte. Klara drehte sich im Schlaf und hing auf dem Sessel wie ein Faultier auf einem Ast. Ein Arm hing herunter. Die aus Seidenpapier gearbeitete Deckenlampe schwankte leicht im Durchzug. Vielleicht gab es noch ein Gewitter.

Tim schnappte sich eine der dünn gewebten Sofadecken, die Tordis mit in den Haushalt von Onkel Paul gebracht hatte. Er deckte sich auf dem Sofa zu und hielt das Buch unter die Leselampe.

Wenn er nicht schlafen konnte, konnte er genauso gut noch ein wenig lesen und sich so vom Grübeln über den Verbleib von Artemis ablenken. Tordis hatte über sie kein Wort verloren, obwohl Tim sicher war, dass sie sich um sie sorgte.

Wie vom Erdboden verschluckt

Die gemeinsame Suche nach Artemis starteten sie am Morgen in der Nähe des Restaurants, in der Bleicherstraße. Onkel Paul musste arbeiten. Aber Tordis, samt Malin im Kinderwagen, sowie Sonny, Frederick, Klara und Tim wollten Ausschau nach der entlaufenden Hündin halten. Sonny und Frederick kamen schon in Allerherrgottsfrühe mit dem Rad zu ihnen. Nareks Vater und seine Kollegen sollten ihnen auch noch per Auto helfen, wenn sie keine Taxikunden hatten. Jakob und Felix wollten sich ebenfalls auf dem Fahrrad an der Suche beteiligen.

Oberkommissar Hansen und sein Kollege Knepper versprachen, Augen und Ohren offen zu halten und ihren Kollegen Bescheid zu sagen und alle Meldungen von entlaufenden Hunden an sie weiterzugeben. Oma Helga und ihre Freundin Inga würden den Park am Opernhaus in der Nähe in Augenschein nehmen. So könnten sie bei der Gelegenheit das Friedrich-Engels-Haus erkunden, in dem sich ein Museum zum

Thema Frühindustrialisierung befand, also über den Bau der ersten Fabriken im Tal. Alle anderen der Erwachsenen mussten arbeiten oder hatten anderes zu erledigen. Milla und Narek wollten gegen Mittag nachkommen. Treffpunkt war das Rathaus in Barmen.

Vorher wollten sie so viele Straßen wie möglich durchkämmt haben. Sie hatten sich vorgenommen, in jeden Hinterhof zu gucken und alle Leute, die sie trafen, auf der Straße nach dem Verbleib von Artemis zu befragen. Den Helfenden hatte Tordis ein ganzes Papierpaket, mit einem Bild des Hundes, ausgedruckt. Auch hatten sie sich geeinigt, dass sie die Zettel an Laternen und Bäumen mit Tesafilm kleben wollten. Damit bekamen sie vielleicht Hinweise zu dem Aufenthalt des Hundes von Passanten oder Anwohnern.

„Bist du sicher, dass du etwas aus der Küche gehört hast, als wir im Restaurant saßen? Könnte sie nicht doch auch unbemerkt zur Vordertür heraus sein, als die Männer hereinkamen?“, erkundigte sich Tordis heute Morgen zum x-ten Mal bei Tim.

„Nein, ich habe ein leises Jaulen aus der Küche gehört.“

„Dann müssen wir uns auch den Hinterhof ansehen, so viel steht fest!“, sagte Klara.

„Aber warum soll sie dort immer noch sein? Das geht doch sowieso nicht so ohne weiteres, wir können doch nicht einfach so aufs Privatgrundstück. Das Lokal ist doch noch gar nicht geöffnet“, jammerte Tordis.

„Wieso? Du hältst vorne Wache und wir sagen einfach, wenn einer kommt, ein Ball wäre dorthin geflogen oder irgendetwas in der Art“, entgegnete Frederick.

„Gut, aber beeilt euch!“, seufzte Tordis. Tim ahnte, dass die nicht ganz erlaubte Aktion nichts für Tordis war und dass sie sich immer mehr Sorgen um Artemis machte.

„Also los!“, sagten Tim und Frederick fast gleichzeitig. Sonny stand neben Tordis und tätschelte ihr die Hand.

„Wir finden sie, da bin ich mir sicher. Vielleicht hat sie etwas Leckeres gerochen und hat sich irgendwo hinter dem Restaurant die Pfote eingeklemmt oder sie ist durch eine Kellerluke gefallen.“ Klara nickte zustimmend.

Tim und Frederick schauten sich um und huschten dann geduckt durch eine Gasse auf den Hinterhof. Der Weg war hier ordentlich gepflastert und der Boden mit Kies bedeckt. Unter den Sonnenschirmen sahen sie Stühle, die an die Tische gelehnt waren. Tim und Frederick schauten sich im leeren Biergarten des Restaurants um. An der Mauer stand ein angeketteter Grill und in den Kübeln wuchsen Gräserpflanzen. Das Restaurant besaß einen gläsernen Anbau, eine Art Wintergarten. Niemand war zu sehen.

„Wo sollen wir suchen?“, murmelte Frederick.

„Ich weiß nicht. Hier schau mal! Da sind Metalltreppen.“ Eine führte nicht nur zur Dachterrasse, sondern auch zu tiefer liegenden, miteinander verbundenen Hinterhöfen am Hang.

„Okay, du zuerst!“

„Wieso das denn?“, grummelte Tim und schob sich dann doch entschlossen vor Frederick, um als Erster die Treppe hochzusteigen. Er schielte nach der Hälfte der Stufen nach ganz unten. Es war ziemlich hoch. Am unteren Teil des Stahlgerüstes der Treppe hing ein kurzes verknotetes Seil. Tim fühlte das kalte Geländer und erklomm weiter die Gitterstufen. Er sah durch sie immer mal wieder nach unten. Frederick kam hinter ihm her.

Sie hatten oben einen guten Aus- und Überblick. Aber Artemis sahen sie nicht.

„Das bringt hier nichts. Sie ist bestimmt aus dem Hof herausgelaufen.“

„Du hast recht. Ich glaube auch nicht, dass wir sie hier finden“, gab Tim zu. Sie kletterten die Treppe wieder herunter und gingen zurück vors Haus.

„Und?“, fragte Klara.

„Nichts“, sagte Frederick.

Sie folgten Sonny und der Straßenkarte, die sie auf ihrem Handy aufgerufen hatte. Dabei entdeckte Tim die Straßen „Zur Dörner Brücke“, „Oberdörnen“, „Zur Schafbrücke“ und „Unterdörnen“. Er sah weder Dornbüsche, noch Schafe. Nichts dergleichen! Auch der Hund blieb verschwunden. Ihm taten die Füße weh. Er war es gar nicht mehr gewöhnt, länger zu Fuß herumzulaufen. Wenn es größere Strecken waren, nahm er immer sein Fahrrad mit oder er fuhr mit den öffentlichen Verkehrsmitteln. Und er war müde, weil er so lange aufgeblieben war.

Alle waren schon etwas geschafft. Sie überquerten den breiten Steinweg zur Haltestelle „Alter Markt“ und flanierten mit anderen Leuten über einen großen Platz. In der Ferne ratterte die Wuppertaler Schwebebahn. Und dann gingen sie durch die Fußgängerzone, den Werth. Diese Straße war seit dem Jahr 1749 eine öffentliche Straße. Tim konnte sich Jahreszahlen, wenn es sich um Geschichtsdaten handelte, gut merken. Sie kamen an vielen Geschäften vorbei, unter anderem an Modeläden, einem Süßigkeitenladen, einem Handyladen, an Apotheken und einem Schreibwarengeschäft.

Einige Läden waren noch nicht oder gerade erst geöffnet. Mitarbeiter räumten ihre Warenregale für den Außenbereich heraus. Tauben liefen ihnen ohne Angst zwischen den Beinen herum. In der Fußgängerzone wurden Autos ausgeladen und auf den Bänken saßen Leute, die schon frühzeitig etwas eingekauft hatten, mit ihren Einkaufstüten.

Die Sonne schien ihnen ins Gesicht und es roch aus einem

Laden nach Kaffee, den die Leute im Pappbecher mit auf ihren Weg zur Arbeit nahmen. Es herrschte unruhiges Treiben. Bauarbeiter hatten an einer Stelle die Erde aufgerissen und riefen sich etwas zu, dann ertönte das Wummern eines Presslufthammers. Gegenüber einem Juwelier sortierte eine Kioskfrau Zeitschriften und Zeitungen ein. Vor ihr stapelten sich Pakete. Ein kleiner Bronzeelefant war in der Nähe aufgestellt. Die Skulptur sollte an den noch jungen Zirkuselefanten Tuffi erinnern, der im Jahr 1950 bei einem Transport ohne gravierende Folgen aus der Schwebebahn in den Wupperfluss geplumpst war, klärte sie ein Schild auf. Aus der Drogerie kam eine Frau mit einer Duftwolke. Sie hatte sicher neue Düfte ausprobiert und jemand putzte die Fenster des Buchladens. Daneben befand sich ein Schuhgeschäft. Das Haus mit dem Schuhgeschäft war dunkelblau und weiß gestrichen.

Tim sog die Umgebung in sich auf und wäre beinahe in einen Blumenstand gerannt. Die anderen waren ein Stück vorgelaufen.

„Träumst du?“, rief Sonny und winkte, er solle zu ihnen aufschließen. Er sah die Ruhmeshalle, die mit seinen Säulen dem Rathaus, das sie passiert hatten, in nichts nachstand. Dort waren das Haus der Jugend und die Bücherei untergebracht, die Tim kannte. Rockkonzerte wurden im angrenzenden Live Club Barmen in dem Seitenflügel des prächtigen Gebäudes mit der breiten Eingangstreppe gespielt. Sonny winkte ungeduldiger. Sie wollten in eine Eisdiele einkehren. Es war noch nicht Mittag und er überlegte, dass sie dann erst Narek und Milla vor dem Rathaus treffen würden.

Oben auf dem Dach des Rathauses wachten acht Statuen über den Platz. Neben der Treppe zu beiden Seiten stand je eine Statue. Den Platz umschloss das Gebäude durch seine U-

Form. Das Rathaus sah imposant aus und besaß einen Säulenbalkon. In dem Rathaus wollten Tordis und Onkel Paul sich standesamtlich zu Mann und Frau trauen lassen.

Auf dem gepflasterten Platz, mit den Laternen, fand jedes Jahr der Weihnachtsmarkt statt. An den Seitenflügeln des Rathauses befanden sich Bogengänge mit Geschäften. Gegenüber ragte das dreistöckige Concordia-Gebäude, von dem Tim gestern auch gelesen hatte, in den Himmel. Dessen Empfangsbalkon über dem Portal wurde von zwei Statuen geschultert und das Dach dieses Gebäudes besaß eine Balustrade, ein Säulengeländer. Tim dachte an das, was er gestern erfahren hatte.

Im April 1815 war der Vulkan Tambora in Ostindien, dem heutigen Indonesien, ausgebrochen. Auch wenn sich das weit weg anhörte, hatte das Ereignis Einfluss auf die Barmer Bevölkerung. Und nicht nur auf sie, sondern auf die in ganz Europa. Der Vulkanausbruch verursachte eine enorme Ausschüttung von Aschemassen. Die Sonneneinstrahlung wurde durch die Aschepartikel, die sich in der Atmosphäre verteilten, gedämpft. Die Sonne kam nicht mehr durch. In den folgenden Jahren wurde es ungewöhnlich kalt und nass, sodass es viele Missernten gab. Die düstere Stimmung überall animierte Schriftsteller zu Horrorgeschichten.

Dass ein Vulkan das Wetter auf dem anderen Teil der Erde so beeinflussen konnte, das hatte Tim nicht für möglich gehalten. Man nahm sogar an, dass das schlechte Wetter auch auf die erneute Niederlage Napoleons Einfluss hatte, denn auf schlammigen Feldern im Nebel ließ es sich nicht gut kämpfen. Das kalte Klima, verursacht durch den Vulkanausbruch, hielt noch bis 1819 an. Drei lange und wohl extrem ungemütliche Jahre, in denen die Folgen der sich über den Erdball verteilten Vulkanasche spürbar gewesen waren, dachte Tim. Er fröstelte, obwohl es sehr warm war und er eher hätte schwitzen müssen.

In dieser leidgeprüften aber auch produktiven Zeit wurde das prunkvoll gestaltete Haus der Barmer Concordia-Gesellschaft fertiggebaut. Während die Räume des Erdgeschosses als Läden vermietet wurden, waren die in der ersten Etage den wichtigen Barmer Bürgern und ihren Familien vorbehalten. Dort trafen sich damals Richter, Rechtsanwälte, Kirchenvertreter und Lehrer. Darunter waren ebenfalls Ärzte, Apotheker, Architekten, Ingenieure, Künstler und Schriftsteller. Auch die Chefs von Transportunternehmen und Verlagen, Bank- und Fabrikdirektoren fanden sich dort ein. Die Wohlhabenden präsentierten sich und feierten dort, engagierten sich aber auch für die Fabrikarbeiter. Denn die Bleicher und Färber schufteten viele Stunden in den Textilfabriken. Heute arbeitete man nur die Hälfte der Zeit, dachte Tim. Der Barmer Friedrich Engels beschrieb in einem Buch die schlechten Bedingungen der englischen Arbeiter in Manchester zum ersten Mal. Dorthin schickte ihn sein Vater, der vor Ort eine Baumwollspinnerei-Fabrik besaß. Den Barmer Fabrikarbeitern erging es nicht besser. Viele Menschen, die zuvor auf dem Land gelebt hatten, suchten und fanden Arbeit in den Fabriken der Stadt Barmen. Auch die Barmer Friedrich Bayer und Friedrich Weskott machten eine Farbenfabrik auf, aus der sich später das weltweit bekannte Unternehmen Bayer entwickelte. Auch andere Fabriken schossen wie Pilze aus dem Boden. Für die vielen Arbeiter wurden neue Gebäude benötigt.

Es muss damals viele staubige Baustellen gegeben haben, überlegte Tim und beobachtete die Bauarbeiter, die jetzt eine Pause machten und sich mit den Ärmeln den Schweiß von der Stirn wischten. Deshalb wollten die Fabrikanten sicher auch die Lungenkrankheiten ihrer Arbeiter mit Maßnahmen bekämpfen oder solche gar nicht erst entstehen lassen. Barmer Bürger gründeten den Barmer Verschönerungsverein, der die Barmer Parkanlagen anlegen ließ. Die Menschen wollten den schwarzen Fabrikwolken, die aus den vielen Schornsteinen aufstiegen, entfliehen. Auch bauten einige Fabrikanten Wohnungen für ihre Arbeiter und Adolf Vorwerk baute sogar ein Luftkurhaus mit Restaurantterrasse auf den grünen Hügeln Barmens. Nach dem Tod des Barmer Fabrikanten Ludwig Ernst Toelle schenkte dessen Familie dem Verschönerungsverein Geld, damit ein Aussichtsturm auf den Südhöhen des Barmer Waldes gebaut werden konnte. Oben auf den Höhen genoss man die Aussicht auf das Bergische Land und die gute Luft. Die neue Barmer Bergbahn, die zweite elektrische Zahnradbahn der Welt, fuhr in nur 15 Minuten zu den Barmer Höhen hinauf.

Im Concordiagebäude fanden aber nicht nur Besprechungen des Verschönerungsvereins statt, sondern auch Konzerte und nach Pariser und Wiener Vorbild Tanzbälle. Dort führten die Mitglieder ihre Töchter, Enkelinnen und Nichten im heiratsfähigen Alter in die Gesellschaft ein, also stellten sie in großer Runde vor. Das war damals eine Art Heiratsmarkt gewesen. Denn junge Paare fanden dort unter Aufsicht zusammen. Heirat war ein gutes Stichwort, dachte Tim. Er hoffte, dass die Vorbereitungen bald abgeschlossen waren. Sie gingen jetzt direkt auf das Rathaus zu, vorbei an dunkelroten Sonnenschirmen des dortigen Arkadenrestaurants. Jakobs Fahrrad lehnte an der Eingangstreppe des an den Seitengebäuden rosa gestrichenen Rathauses. Er saß mit Felix auf den Stufen.

„Da seid ihr ja!“, sagte Felix und krempelte seine Hosenbeine auf. Dabei fiel der glänzende schwarze Nagellack auf, den er auf seine Fingernägel aufgetragen hatte. Das war eine Marotte von ihm, das hatte Jakob letztens noch erklärt. Tim fand das zwar für sich selbst völlig indiskutabel, aber er war tolerant, was das Aussehen seiner Mitmenschen betraf. Wenn es Felix Spaß machte! Felix trug ein schwarzes T-Shirt, dessen Ärmel er ebenfalls bis ganz nach oben gekrempelt hatte, und dazu eine schwarze Stoffhose. Jakob trug ein beigefarbenes Polohemd zur blauen Jeans. Allen war warm. Die Temperaturen stiegen in den letzten Tagen ab mittags rapide an oder es kühlte gar nicht erst wieder ab.

Sonny trug ein weiß-gelb-violettes Blümchenshirt zur weißen Jeans. Sie schien überhaupt nicht zu schwitzen. Sie sah perfekt aus, wie aus dem Ei gepellt. Ihre dunklen Haare hatte sie hochgesteckt. Sie könnte in einem Jutesack herumlaufen, es würde ihrer Schönheit keinen Abbruch tun, dachte Tim.

Klara und er hatten kurze Safarihosen an. Die leichten Stoffhosen mochten sie beide. Manchmal lieh sich Klara auch welche von ihm aus, wenn ihre in der Wäsche waren, und musste dann allerdings einen Gürtel dazu tragen. Sie trug allerdings im Gegensatz zu seinem schlichten dunkelgrünen Shirt ein rosa Glitzershirt. Klara trug ihre Haare zu einem dünnen Zopf zusammengebunden. Frederick ging dicht hinter ihr her und zupfte jetzt daran.

„Lass das!“, protestierte Tims Schwester. Sie kabelten sich bei jeder Gelegenheit. Tim nervte das irgendwie. Frederick lachte und hielt sich den Bauch, weil Klara sich sichtlich ärgerte. In der Beziehung konnte er sich kindisch aufführen, dachte Tim. Sein Freund trug weite Jeans und ein rotes Shirt mit dem schwarzen Aufdruck irgendeiner Skateboardfirma. Heute hatte er sein Board nicht dabei, dafür aber seine rote Kappe. Tim kannte Frederick eigentlich gar nicht ohne die Kopfbedeckung.

Bis auf Tordis, die ein gepunktetes Kleid und Ledersandalen bevorzugte, hatten alle Turnschuhe an. Trotz der Hitze. Sie waren immer noch am bequemsten. Tim hatte den Blick wandern lassen, während sie auf die beiden Nachzügler warteten. Sie verspäteten sich. Wo doch Narek sonst so pünktlich und zuverlässig war!

Der Schock saß bei allen tief, vor allem bei Tordis, denn die Suche war, wie die von Tims Vater, erfolglos geblieben. Würden sie Artemis nicht mehr wiedersehen? Gleichzeitig schimmerte ein winziger Funke Hoffnung in ihren Hinterköpfen, dass der Vierbeiner sich doch noch irgendwo, wenn auch vielleicht verletzt, wiederfand.

Tim und Klara waren wieder zu Hause und auch alle anderen hatten die Suche aufgegeben. Onkel Paul hatte auf Drängen von Tordis in mehrere Internetportale ein Bild von der Hündin gesetzt. Allerdings bislang ohne Rückmeldungen, außer dass Leute den beiden Mut machen wollten.

Das Verhalten eines Hundes auf der „Flucht“ wurde einerseits von seiner Persönlichkeit, andererseits von den Umständen beeinflusst, las Tim im Netz. Wenn der Hund sich sehr erschrocken hatte und Angst bekam, dann rannte dieser erst einmal los, ohne nachzudenken. Ängstlich war Artemis nicht gewesen, dachte Tim.

„Was machst du?“, wollte Klara wissen, die mal wieder ungefragt in seine Dachkammer kam.

„Ich suche nach Informationen über entlaufende Hunde. Hier steht, dass Hunde ihrem Jagdtrieb folgen und einer Beute hinterherlaufen, dann vergessen sie zunächst alles andere um sich herum.“

„Ich verstehe nicht, dass sie keiner gefunden hat“, stellte Klara fest.

„Die schreiben hier in dem Forum, dass Hunde bei dem Versuch, zurück nach Hause zu finden, instinktiv alles tun, um zu überleben. Das heißt, sie suchen Schutz, wenn das Wetter ungemütlich wird oder sie Gefahr wittern. Wenn sie Durst haben, suchen sie eine Wasserquelle."

„Du meinst, sie ist da noch irgendwo und irrt in Barmer Hinterhöfen umher? Das wäre schrecklich!"

„Besser als vom Auto angefahren."

„Da hast du allerdings recht. Dann müssen wir abwarten."

„Allerdings heißt es auch, dass die meisten Tiere nach etwa vier Stunden wieder auftauchen. Die sind längst um."

„Wenn es meine Stute wäre, ich würde durchdrehen!" Klara setzte sich neben Tim. Tim fröstelte. Er dachte an Tordis. Das war wirklich ein Killer für die Stimmung!

Und es gab noch so viel zu tun. Klara war, wie er, für das Hochzeitsfest eingespannt. Sie hatte die To-do-Liste. Sie sollten einzeln verpackte Taschentücher mit den runden Schrift-Aufklebern „Für die Freudentränen" bekleben und auch noch die verkorkten Gläser mit den weißen Schokoladenpastillen, die als Gastgeschenke auf den Tischen gedacht waren, bestücken. Darauf sollte jeweils ein Aufkleber mit dem Spruch „Schön, dass du da bist" geklebt werden.

Tim nahm Klara den von ihr mitgebrachten Karton mit den Aufklebern und den restlichen Sachen ab. Er hatte eigentlich gerade gar keine Lust, Aufkleber aufzukleben. Klara war sicher momentan auch nicht in der Verfassung. Ihr ging es nach der gestrigen Suche nicht so gut. Er musste sie trösten!

„Hunde können überleben, tagelang. Sie überleben ohne Futter, ohne Kontakt. Und sie tauchen wieder auf, meistens. Meistens werden sie gefunden", flüsterte er in Richtung seiner niedergeschlagenen Schwester und wusste selbst nicht, ob er daran glauben sollte.

Tordis hatte von Tims Schlafproblemen von dessen Mutter gehört und ihr waren die tiefen Ränder unter seinen Augen auch schon aufgefallen. Dass er heimlich nächtelang las, verriet er ihnen nicht. Zur Belohnung, dass Tim den beiden Brautleuten so viel half und noch helfen würde, beim Vorbereiten der Hochzeit und beim Aussortieren, luden Tordis und Onkel Paul ihn und Frederick zu einem ganz besonderen Ausflug ein. Sie wollten Tim auf andere Gedanken bringen. Während Tims Mitschüler Fotos von Stränden und Berggipfeln per Handy verschicken würden, würde nämlich die Hochzeit stattfinden. Die Johanns und die anderen verwandten und befreundeten Familien hatten ihre Urlaubsreisen aufgrund der bald stattfindenden Feierlichkeiten in den Herbst verlegt. Deshalb mussten sie sich alle mit der Erholung noch gedulden.

Tordis und Onkel Paul luden Tim und Frederick ein und fuhren mit ihnen in die benachbarte Stadt Langenfeld. Dort gab es eine Wasserskianlage. Tim hatte sich das gewünscht, diese mal auszuprobieren. Er freute sich riesig. Artemis hatten sie nicht mitgenommen und in der Obhut von Oma gelassen, denn Hunde waren auf dem Gelände nicht erlaubt. Vermutlich wegen des schönen Sommerwetters waren sehr viele Leute gekommen, denn der Parkplatz war voll und am Kassenhäuschen standen sie in einer langen Schlange an.

„Schau mal, ein richtiger Sandstrand!“, rief Frederick. Vorne am Eingang befand sich ein Piraten-Abenteuerspielplatz für die jüngeren Gäste und eine Holzhütte mit Strohdach auf dem aufgeschütteten Sand, an der man Getränke kaufen konnte. Das Wasser glitzerte in der Sonne. Es sah wirklich schon ein bisschen nach Urlaub aus. Manche saßen im Bikini auf Drahtstühlen an Mosaiktischen, einige lagen in Liegestühlen und wieder andere hatten es sich in einem der

Strandkörbe bequem gemacht. Es roch nach Pommes und Sonnenöl. Ein paar Leute bevölkerten die Restaurantterrasse mit dem Blick auf die Wassersportler und bestellten sich einen Salat oder einen Burger. Auf dem Wasser sahen sie die stehende Welle, auf der ein Mann mit roten Badeshorts surfte. Die Wasserski- und Wakeboardfahrer, die über die extra dafür aufgebauten Hindernisse hinwegglitten, setzten mit einem lauten Klatschen aufs Wasser auf. Sie verursachten eine sprühende Fontäne, wenn sie sich in die Kurven legten.

„Wow, hast du das gesehen?" Frederick haute Tim auf die Schulter. Eine Frau hatte einen Salto gemacht. Frederick und er zogen ihre Schuhe aus und folgten Onkel Paul und Tordis, die sich mit Malin im Kinderwagen ein Plätzchen im Schatten eines Sonnenschirms suchten.

„Das ist die größte Wasserskianlage der Welt, wusstet ihr das? Hier gibt es vier große Bahnen und zwei kleine zum Üben", sagte Onkel Paul zufrieden. Er liebte Superlativen. Vor allem, wenn er sie anderen präsentieren konnte. Tims Onkel strebte zur Strandbar, um etwas Trinkbares aufzutreiben.

„Was möchtet ihr?"

„Ich möchte eine Brause mit Zitrone!", bestellte Frederick.

„Ich auch!"

„Und du? Tordis?"

„Ich hätte gerne ein Wasser, bitte."

„Okay, bis gleich." Onkel Paul rieb sich die Hände.

Der Himmel war blitzblank geputzt und zeigte keine einzige Wolke. Eine blau schimmernde Libelle flog an ihnen vorbei. Heute hatten sie im Radio über 30 Grad vorhergesagt.

Am anderen Ufer der Seenlandschaft wuchsen Bäume und spendeten Schatten. Dass es eine Skateboard-Minirampe gab, hatte Frederick besonders interessiert, aber dafür war es selbst im Schatten sicher zu heiß. Er hatte trotzdem sein Board für alle Fälle mitgenommen.

Tim schaute sich um. Eine Gans watschelte am Strand entlang und rutschte fast auf dem sandigen Holzsteg aus.

„Na, wie findet ihr es?“ Tordis schaukelte den Kinderwagen.

„Super, bin sehr gespannt, ob wir das beim ersten Mal schon hinkriegen oder ob wir es überhaupt hinbekommen.“

„Versuch macht klug“, kommentierte Frederick oberschlau.

Onkel Paul kam mit den Getränken zurück. Nach einer Weile zogen sich Tim und Frederick um. Tordis hatte die Tickets online gebucht. Sie liehen sich jeweils einen Neopren-Anzug aus und ein Wakeboard für jeden von ihnen. Onkel Paul bestand auf einen Helm und eine Rettungsweste. Dann stellten sie sich in der Schlange vor der Bahn eins an. Nach etwa 20 Minuten Wartezeit war Tim als erster von ihnen an der Reihe.

„Na los, zeig mal, was du kannst!“, rief Frederick hinter ihm. Tim hatte etwas zittrige Beine und sein Herz pochte. Er positionierte sich im Sitzen an der Absprungkante, mit den am Board festgeschnallten Wakeboardschuhen im Wasser, wie der Mann an der Anlage es ihm kurz vorher erklärt hatte.

Dann bekam er das Seil zu fassen und mit einem gewaltigen Ruck landete er im Wasser. Er hatte das Seil vor Schreck losgelassen, schluckte etwas von dem Seewasser und schwamm ans Ufer. Es war ihm peinlich, dass er es nicht geschafft hatte, denn Frederick gelang es auf Anhieb und sein Freund rauschte an ihm vorbei.

„Du hast ja noch ein paar Versuche“, tröstete Onkel Paul ihn, als Tim sich schwerfällig auf den Steg hievte. Er hatte immer noch sein Board an den Füßen, denn die Schuhe waren ja noch darauf festgemacht. Onkel Paul half ihm dabei, es mit den Schuhen von den Füßen zu streifen.

„Einfach nochmal versuchen!“, empfahl sein Onkel.

„Mache ich!“ Tims Ehrgeiz war geweckt.

Der zweite Anlauf war dann auch von Erfolg gekrönt. Er ließ das Seil nicht mehr los und hing wie ein nasser Sack daran, wie Onkel Paul später wenig feinfühlend seinen zweiten Versuch beschrieb. Aber es funktionierte. Er konnte sich auf dem Board halten und fuhr ganze zwei Runden. Danach taten ihm die Arme weh und er brauchte eine Pause. Frederick kam mit ihm zusammen an, denn er hatte sogar drei Runden geschafft.

Sie ließen die Seile los, schwammen zum Steg und krabbelten auf die Holzplanken. Frederick prustete. Ihm war Wasser in das eine Nasenloch gelaufen. Das kannte Tim schon von ihm, wenn er mit ihm schwimmen ging. Tim hüpfte stattdessen auf einem Bein, um das Wasser aus dem rechten Ohr zu bekommen. Onkel Paul wartete mit Handtüchern.

„Geht ganz schön in die Arme! Aber echt cooles Gefühl, so übers Wasser zu gleiten. Was für ein hohes Tempo!“, sagte Frederick freudestrahlend.

„Ja, echt gut. Aber wirklich nicht so einfach, wie es aussieht“, stimmte Tim zu.

„Das habt ihr fabelhaft gemacht! Ich hätte es nicht besser machen können“, lobte Onkel Paul.

Während Frederick und Onkel Paul schon mal vorgingen, strebte Tim zu den Toiletten. Vor der Tür sah er einen Mann, der ihn an Sascha Werlekamp erinnerte. Genau, wie dem Ex von Tordis, fehlte dem Mann die Fingerkuppe des rechten Zeigefingers. Der Mann hatte ihm aber an der Tür den Rücken zugekehrt und Tim konnte sich nicht vorstellen, dass es dieser Sascha war. Er hätte ihm sicher ein Gespräch aufgedrängt, wie es üblicherweise seine Art war.

Tim hatte sich bestimmt getäuscht. Es lag wahrscheinlich an den ganzen Diskussionen zwischen seinem Onkel und Tordis, dass er schon Leute sah, die nicht da waren. Vielleicht brauchte er doch eine Pause von den ganzen Hochzeitsvorbereitungen. Aber war er dann nicht undankbar, wo sie ihn doch jetzt mit dem Wasserskianlagenbesuch beschenkt hatten?

„Ich habe Frederick und dich gesehen und gefilmt!“, rief Tordis schon von weitem und winkte, als er zum Tisch an der Strandbude zurückkehrte, an dem die anderen schon wieder Platz genommen hatten.

„Das Fahren auf dem Wakeboard hat bei beiden das erste Mal erstaunlich gut geklappt“, stellte Onkel Paul fest und hörte sich an, als sei es sein Verdienst gewesen.

Sie fuhren beide noch mehrmals, auch wenn Tim einmal aus einer Kurve flog und ein ganzes Stück zurückschwimmen musste. Ein Tag wie aus dem Bilderbuch. Das Experiment auf dem Wasser war ein voller Erfolg! Tim zehrte die ganze Woche von dem Ausflug, wo doch sonst alles in letzter Zeit schiefzugehen schien.

Wo der Pfeffer wächst

Artemis war wirklich von alleine wieder nach Hause gelaufen.

„Sie ist wieder da!“, Tordis Stimme schallte extrem laut an Tims Ohr.

„Sie ist wieder da!“, wiederholte sie.

„Das freut mich!“, rief Tim. Klara riss ihm das Handy aus der Hand, die dicht neben ihm stand.

„Erzähl!“ Sie stellte auf laut.

„Sie ist ein Kilo leichter und ihr Fell ist struppig, aber ihr fehlt nichts. Wir waren eben schon wegen der Verletzung am Hals beim Tierarzt hier um die Ecke. Er hat sie verbunden und uns erklärt, dass sie instinktiv zurückgefunden hat. Wie jeder Hund kann sie einen Ort, an dem sie von ihrem Rudel oder ihren Besitzern getrennt wurde oder an dem sie zuvor gelebt hat, wiederfinden. Und das, weil sie nicht nur einen ausgeprägten Geruchssinn hat, sondern auch lokale Merkmale mittels Erdmagnetfeldern wahrnehmen und sich so auch in einer ihr unbekannten Umgebung orientieren kann." Tordis lachte und weinte. Sie klang leicht hysterisch, fand Tim, aber überwiegend glücklich. Im Hintergrund bellte Artemis, als wollte sie bekräftigen, was Tordis gerade erzählte.

„Und sie saß einfach so vor der Haustür? Das ist einfach fantastisch!", rief Klara.

„Ja, das ist es. Allerdings war sie irgendwo angebunden und sie muss sich losgerissen haben, denn um ihren Hals haben wir ein zerrissenes Seil gefunden."

„Wie angebunden? Du meinst, sie wurde gefangen gehalten?", schaltete sich jetzt Tim ein und legte seine Stirn in Falten. Was hatte das nun schon wieder zu bedeuten? Artemis war also dem Entführer weggelaufen und hatte ihr Zuhause bei Tordis und seinem Onkel wiedergefunden. Was für ein toller Hund! Und das nach so kurzer Zeit im neuen Zuhause! Tim war mehr als beeindruckt. Nur wer hatte den Hund festhalten wollen, anstatt ihn abzugeben?

Am Donnerstag besuchten sie Tordis und Onkel Paul. Sie wollten die Rückkehr von Artemis und ihren Einzug mit einem Kuchenessen mit einigen ihrer Helfer feiern. Dann brachen sie in noch kleinerer Gruppe zu einem Ausflug auf.

An dem Nachmittag fühlte sich Tim nicht fit. Er stieg umständlich von seinem Fahrrad ab. Jakob hatte ihn zu einem neuen unbequemen Sattel überredet. Er hatte gesagt, wenn er nicht richtig auf dem Sattel säße, könnte er nicht genug Druck auf die Pedale ausüben.

Ob das stimmte? Tim schnallte sich seinen zuvor auf dem Gepäckträger festgeklemmten Rucksack auf den Rücken. Darin befanden sich der Proviant aus glutenfreien Riegeln und eine große Trinkflasche sowie eine Regenjacke gegen den zuvor vorhergesagten Gewitterregen. Jakob und Felix waren mit ihren Rennrädern ein paar Meter vorgefahren.

Sie alle stellten ihre Räder neben ihnen ab. Inga hatte das Fahrrad von Tims Mutter ausgeliehen und Oma hatte ihr Einkaufsfahrrad mit Körbchen vorne dran genommen. Jakob fand die Idee einer Fahrradtour auf der zum Fahrradweg umgebauten Bahntrasse sofort reizend. Er war geradezu erpicht darauf, die beiden alten Damen, wie er Oma und Inga nannte, zu begleiten. Es war schnell beschlossene Sache, dass Frederick und Tim mit ihren Mountainbike-Rädern ebenfalls mitfuhren. Aber nicht ohne dass Jakob Tim vorher diesen viel zu schmalen Sattel aufschwatzte, den er noch in der Garage gefunden hatte.

„Kommt! Im Wald ist es nicht so heiß“, rief Jakob im begeisterten Tonfall. Sie wollten hier einen Waldspaziergang einlegen. Vom Parkplatz aus führte links ein Weg zwischen den Wiesen ins Waldgebiet „Im Hölken“. Sie bogen unmittelbar auf den abzweigenden Weg ab, um dem ausgeschilderten Geopfad zu folgen. Er führte sie an Buchen vorbei. Sie folgten den Wanderzeichen und Tim begann sofort zu schwitzen, denn er hatte zu viel an und dabei. Tim schnaufte. Es war ihm peinlich vor den anderen, aber er konnte nicht anders.

„Typischer Anfängerfehler! Zu viel Gepäck! Ich kenne mich da aus. Ich war früher bei den Pfadfindern“, behauptete Oma.

„Ach, das ist ja interessant!“, rief Felix.

„Ja, das war eine schöne Zeit. Ich bin meinen Eltern sehr dankbar, dass ich bei den Wölflingen mitmachen durfte. Das war damals für ein Mädchen nicht selbstverständlich“, stellte sie mit Stolz in der Stimme fest.

„Du warst bei den Wölflingen? Du überraschtst mich immer wieder!“ Jakob fing an zu lachen.

Oma schaute ihn triumphierend an und nickte.

„Hast du mir wohl nicht zugetraut, was? Viele junge Leute bekommen heutzutage kein Lagerfeuer mehr ohne technische Hilfsmittel an“, sagte Oma und hielt ihnen darüber einen Vortrag, was sie bei den Pfadfindern alles gelernt hatte. Sie legte ein erstaunlich hohes Tempo vor.

Tim war froh, dass sie die Mini-Wanderung nicht mit einem Lagerfeuer krönen konnten, denn es herrschte seit Tagen Waldbrandgefahr. Dann zog sich dieser Tag nicht auch noch weiter in die Länge.

Sie waren ja schon auf der ehemaligen Trasse der Wuppertaler Nordbahn, die einst von Düsseldorf nach Dortmund führte, von Barmen nach Oberbarmen gefahren. Die gesamte Radwegstrecke der heute stillgelegten Schienen führte an Wuppertaler Stadtteilen vorbei, aber auch noch über die Herzkamper Mulde bei Gennebreck weiter bis nach Hattingen. Sie hatten allerdings davon nur einen Bruchteil zurückgelegt, aber das reichte Tim schon. Sie hatten einen Tunnel und drei bogenreiche Viaduktbrücken passiert.

Er schaute auf die Uhr. Er wollte längst zu Hause sein! Das Kuchenessen hatte länger als gedacht gedauert. Dann dachte er an die verschiedenen Ortszeiten in jedem Ort zu früheren Zeiten. Er hatte etwas darüber gelesen. Erst wurden sie noch mittels Kirchturmglocken angezeigt, aber ab dem Jahr 1848 im preußischen Reich gleichgeschaltet, unter anderem wegen der unterschiedlichen Uhrzeiten auf den Bahnsteigen. Die Umstellung dauerte, aber allmählich lösten die Bahnhofsuhren die Kirchturmuhren ab. Heute gab es auf die Sekunde exakte weltweit gleichgeschaltete Funkuhren, die man immer bei sich führte, dachte Tim mit einer gewissen Erleichterung.

Sie waren ja an sich gut vorangekommen, da es logischerweise bei einer ehemaligen Bahnstrecke nur verschwindend geringe Steigungen gab. Aber Tim war wegen der Hitze trotzdem geschafft. Sie waren hergefahren, um im Wald die Dolinen anzusehen.

Es gab nicht nur Dolinentrichter, sondern auch eine grabenförmige Senke mit steilen Felswänden zu sehen.

„Diese Naturdenkmäler sind durch gelösten Kalkstein entstanden. Die Kalkerde ist trichterförmig metertief eingestürzt und deshalb heißen die Dolinen auch Sinkhöhlen“, gab Oma ihr Wissen zum Besten. Sie hatte in dem Wuppertal-Reiseführer von Inga gestöbert, das hatte Tim mitbekommen.

„Das Kalkgestein ist vor 380 Millionen Jahren aus kalkhaltigen Meeresablagerungen, also Korallenriffen, entstanden“, las Inga aus ihrem Reiseführer vor, den sie seit ihrer Ankunft immer mit sich führte.

„Wir stehen auf ehemaligen Korallenriffen?“, fragte Frederick mit verblüfftem Gesichtsausdruck nach.

„Ja, ihre Zerklüftungen und Höhlen wurden durch die Säure im Regen über Tausende von Jahren geformt. Wenn dann so eine Höhlendecke eingestürzt war, weil die Last der Decke zu schwer wurde, brach der Hohlraum ein und es entstanden die Löcher und Gräben“, erklärte Inga und zeigte um sich herum.

„Das Dolinengelände hier steht übrigens unter Naturschutz“, wusste Felix beizusteuern.

Auf ihrem Spaziergang wanderten sie an vielen bizarren Gesteinsformationen vorbei. Sie sahen auch Spuren von BMX-Fahrern, die im Buchenwald unterwegs waren. Zu solch abenteuerlichen Aktionen fühlte sich Tim heute beim besten Willen nicht mehr in der Lage, dachte er.

Irgendwann taten Tim auch seine Füße weh. Die Outdoorschuhe drückten fürchterlich. Die Schuhe waren für seine Füße zu schmal. Er mochte, wenn er ehrlich war, nur noch Turnschuhe tragen.

Aber da er damals in Vohwinkel, zu Beginn ihres vierten Falles, wegen der rutschigen Turnschuhsohlen in die Lehmgrube gefallen war, hatte er heute wieder seine Wanderschuhe herausgekramt. Eine glatte Fehlentscheidung! Denn sie waren viel zu warm und auf dem trockenen Boden bestand absolut keine Gefahr auszurutschen. Und überhaupt, warum war er nicht stattdessen ins Freibad gegangen? Dass er sich bei so einem Wetter zu irgendwelchen anstrengenden Ausflügen überreden ließ! Die Suche letztens war schon anstrengend genug gewesen. Auch die Tasche wurde immer schwerer und er sehnte sich nach einer Pause.

Dann plötzlich, Tim konnte sein Glück kaum fassen, kam ein Aussichtspunkt mit zwei Picknickbänken in Sichtweite.

„Was für eine schöne Aussicht!“, schwärmte Oma.

„Ja schau mal, Tim!“, grinste Frederick ihn an. Tim konnte sich an keiner Aussicht erfreuen. Er warf die verflixt schwere Tasche von sich und legte sich entkräftet auf eine der Holzbänke. Er bereute, dass er mit Oma, Inga, Jakob, Felix und Frederick diesen merkwürdigen Ausflug zu den Dolinen, die als Touristenattraktion auf der städtischen Internetseite angepriesen wurden, mitgemacht hatte. Es war zu heiß zum Wandern und außerdem war er nicht der Typ dazu!

Plötzlich war er aber wieder ganz klar im Kopf. Glasklar. Ob der Auslöser für seine Klarsicht die nicht gewohnte Anstrengung gewesen war? Er wusste es nicht. Artemis war tatsächlich von den Restaurantbetreibern festgehalten worden. Tordis hatte Tim den Strick gezeigt! Jetzt erinnerte er sich wieder ganz genau. Vorher hatte er dem abgerissenen Seil an dem Treppenabsatz keine Bedeutung beigemessen. Doch jetzt fiel es ihm mit einem Mal wie Schuppen von den Augen.

„Was hat denn Tim? Die Jugend von heute verträgt keine Ausflüge mehr“, hörte er Oma zu Inga sagen.

„Was ist los?“, wollte Frederick leise wissen.

„Ich hab's! Ich hatte gerade eine Vision, auch wenn du mir

das nicht glaubst." Tim erhob sich mit neuem Elan und lachte erleichtert auf.

„Verstehe ich nicht. Du sprichst in Rätseln", erwiderte Frederick verständnislos und setzte sich neben ihn.

„Was tuschelt ihr denn da? Wollt ihr mich nicht endlich aufklären, was eigentlich los ist?" Oma holte ein sauberes Stofftaschentuch aus ihrer Handtasche und tupfte damit ihre Stirn bedächtig ab. Tim war mit der Welt wieder versöhnt und nahm einen Schluck aus der Trinkflasche. Nun mussten sie nur noch herausfinden, warum die Leute im Restaurant den Hund festgebunden hatten. Dass Artemis sich losreißen und wieder zu Tordis zurückfinden würde, das konnten sie ja nicht wissen. War eine Observation das Mittel der Wahl? Sie mussten die Leute aus dem Restaurant beobachten. Vielleicht verrieten sie ihnen dabei ihre Absichten. Etwas stimmte mit den Betreibern des Restaurants nicht. Da war sich Tim jetzt sicher.

Sie hatten für diesen Samstag eine Besprechung hinter der Scheune einberufen.

„Na dann los, erzähl! Ich sehe doch, dass du fast vor Neuigkeiten platzt", lachte Sonny und schüttelte dabei ihre lange Mähne.

„Also gut. Die Leute vom Restaurant, in dem Onkel Paul und Tordis ihre Hochzeit feiern wollen, haben Artemis angeleint. Ich habe mich letztens plötzlich wieder an den durchgerissenen Strick auf dem Hinterhof erinnert", erzählte Tim. Alle schauten ihn erstaunt an.

„Du meinst, das sind Kriminelle? Bist du dir sicher, dass sie den Hund stehlen wollten? Dann müssen wir es den beiden erzählen und sie müssen ihre Hochzeit woanders feiern!" Klara war die tief empfundene Empörung anzuhören.

„Nein, so einfach ist das nicht. So kurzfristig bekommen sie doch sicher gar kein anderes Lokal mehr. Ich will ihnen nicht die Feier verderben. Wir müssen ganz unauffällig vorgehen. Zumal es keine Beweise für die Entführung gibt."

„Bist du dir denn hundertprozentig sicher? Warum sollten sie einen Hund entführen? Dafür haben sie doch gar keinen Grund", warf Milla ein und setzte sich etwas bequemer hin.

„Vielleicht machen die das öfter und verkaufen heimlich Hundesteaks?", machte sich Narek lustig.

„Quatsch, Restaurants werden doch ständig kontrolliert, nicht nur die Hygienebedingungen, ob alles sauber genug ist und sich keine Bakterien bilden, sondern auch die Qualität und Frische der Nahrungsmittel. Das ist doch alles unlogisch! Tut mir leid, das hört sich für meine Ohren echt idiotisch an", ging Milla trotzdem auf ihn ein und verschränkte demonstrativ die Arme.

„Mal angenommen, Tim hat recht. Was gäbe es für einen Grund für so ein Verhalten?", sprang Frederick Tim zur Seite.

Der Ideenfluss musste kurz unterbrochen werden. Bauer Pralle kam vorbei.

„Na, wie sieht es bei euch aus?" Er erwartete keine Antwort und stiefelte zu seiner alten Scheune.

Dann hörten sie ihn das Tor aufschieben und den Motor aufheulen. Da er mit seiner Arbeit fertig war und seine Frau noch im Hofladen arbeitete, hatte er wohl vor, mit seinem Schätzchen, dem metallicblauen Oldtimer, eine Runde zu drehen. Er grüßte und bretterte davon, wodurch der Staub an der Wegbiegung aufflog.

Sie wussten, dass er bald nicht mehr so viel Zeit haben würde, denn die Bäume hingen schon voller Früchte. Die meisten waren noch nicht reif, aber einige Apfelsorten waren schon fast genießbar.

Die Früchte wurden schon kurz nach der Ernte mehlig und trocken. Sie mussten also schnell zu Kompott und Apfelstrudel verarbeitet oder schnell aufgegessen werden. Deshalb lag es nahe, dass Bauer Pralle die Ruhe vor dem zu erwartenden Erntesturm nutzen wollte.

Tim pflückte einen der hellgrünen Äpfel mit der glatten Schale und biss hinein. Er war tatsächlich noch nicht ganz reif.

Im hohen Bogen warf Tim den Rest des Apfels weg.

Dann legte er sich unter einen Baum in den Schatten.

„Wie kannst du nur so gelassen bleiben? Was machen wir denn jetzt?“, rief Klara aufgebracht.

„Wir werden sie beobachten, bis wir die Antwort wissen. Das ist doch ganz einfach!“, antwortete Tim.

„Echt jetzt? Bist du auch dabei?“ Narek schaute Milla herausfordernd an.

„Ich übernehme die erste Schicht!“, bot Frederick an, als würden sie nie etwas anderes machen.

„Okay, ich mache mit. Aber nur, um zu beweisen, dass die Aktion keinen Sinn ergibt!“, murmelte Milla.

„Alles klar, abgemacht“, gab auch Klara ihr Okay.

„Und wann soll es losgehen?“, erkundigte sich Sonny.

„Heute Abend um zehn Uhr schließt das Restaurant. Das habe ich schon im Netz nachgesehen. Dann werden Frederick, Milla und Narek dem Besitzer folgen“, bestimmte Tim.

„Und ihr?“, fragte Milla.

„Sonny, Klara und ich übernehmen die zweite Schicht und lösen euch dann ab. Je nachdem, was ihr herausbekommen habt und wo ihr seid“, erläuterte Tim.

„Gut, so machen wir das!“ stimmte Frederick zu. Tim bedachte seinen Freund mit einem gedankenvollen Blick, denn er wusste, dass Frederick sich nur schwer loseisen können würde. Und auch er und die anderen mussten sich etwas einfallen lassen, damit ihre Eltern nichts von der nächtlichen Aktion mitbekommen konnten und sich keine unnötigen Sorgen machten.

Tim blinzelte verschlafen. Es war bereits hell. Nach dem Stand der Sonne musste es aber noch sehr früh am Tag sein.

„He, du! Hast du nichts zu tun?"

Über ihn beugte sich ein braungebranntes Männergesicht mit ausgeprägten Wangenknochen. Tim kauerte hinter einem Mauervorsprung, auf dem Gelände der Autowerkstatt, wohin die erste Schicht Luigi und Stefano gestern Nacht gefolgt war. Hier hatten Sonny, Klara und er den Beobachtungsposten übernommen. Sonny und Klara waren nicht mehr da. Er musste eingeschlafen sein.

„Was treibst du hier? Ich habe dich hier noch nie gesehen", sagte der Mann und seine Augen funkelten ihn dabei wütend an.

„Ich habe mich verlaufen", stotterte Tim, weil ihm in der Eile nichts anderes einfiel.

„Wo musst du denn hin?", fragte der Mann mit den tätowierten Armen etwas weniger genervt. Auf seinen Unterarmen waren links ein Drache und rechts eine Kobraschlange zu sehen. Er mochte Mitte 20 sein, schätzte Tim das Alter des Mannes.

Der Mann trug ein T-Shirt unter einem offen getragenen kurzärmeligen Hemd und eine ölverschmierte Jeans.

„Ich finde mich jetzt wieder zurecht", versicherte Tim und rappelte sich auf.

„Na gut, Kleiner. Mach' dich vom Acker, sonst mache ich dir Beine! Hier solltest du nicht herumlungern. Wenn dich mein Chef auf seinem Grundstück erwischt, zieht er dir die

Hammelbeine lang und schickt dich dahin, wo der Pfeffer wächst. Er ist nicht so ein gutmütiger Kerl, wie ich es bin."

Tim beeilte sich, das Grundstück zu verlassen. Er schaute sich noch einmal um. Der Tätowierte blickte ihm nach. Er hatte sich eine Zigarette angesteckt und blies nach dem Ziehen an der Zigarette Rauchkringel in die Luft.

Tim lief zum Tor und dann auf die Straße. Dann sah er, dass Klara und Sonny gegenüber in der Bäckerei anstanden. Er atmete erleichtert auf. Sie hatten zum Glück nichts von der unangenehmen Begegnung mitbekommen. Er rannte über die Straße und fing die beiden ab, als sie mit einer Tüte duftenden Croissants aus der Tür traten.

„Für dich haben wir jetzt nichts", entschuldigte sich Sonny.

„Kein Problem!" Tim hatte nicht erwartet, dass es in der Bäckerei glutenfreie Backwaren gab.

„Warum bist du nicht auf deinem Posten?", wollte Klara wissen. Ihre tadelnde Stimme klang manchmal schon fast wie die ihrer Mutter, dachte Tim.

„Ich bin eingenickt und aufgeflogen", gab er zu.

„Du hast dich erwischen lassen?" Klara verzog ihren Mund.

„Lass uns erst einmal von hier verschwinden."

„Was machen wir denn stattdessen? Das hast du ja wieder super hingekriegt!", schnaubte Klara.

„Es ist schon ärgerlich genug, dass ich entdeckt worden bin. Da musst du mir nicht auch noch Vorwürfe machen", protestierte Tim und schob sie beide vor sich her, bis sie alle außer Sichtweite waren.

Sie hatten den Plan, eine weitere Beobachtungsnacht vor der Autowerkstatt zu verbringen, verworfen. Das Einzige, was sie herausbekommen hatten, war, dass Luigi und Stefano sowie der Bebrillte und der Igelhaarschnitt mit einigen anderen an einem Tisch in der offen stehenden Werkstatthalle etwas getrunken hatten. Sie hatten sich unterhalten, gelacht und dabei Musik gehört. Nichts hatte auf ein Verbrechen hingedeutet. Tim und die anderen waren also genauso schlau, wie vorher. Es musste ein anderer Plan her, denn Tim war sich ganz sicher, dass da etwas nicht stimmte. Aber was? Und wie sollten sie das herausbekommen?

Tim beschloss, Jakob einen Besuch abzustatten. Wie es der Zufall wollte, traf Tim seinen Cousin draußen vor der Tür an. Jakob schraubte an dem alten VW-Bus seines Vaters herum. Das Auto stand in der Einfahrt. Tim sah nur die Beine, die unter dem Bulli lagen. Die Storchenbeine gehörten zu seinem Cousin. Eine Lautsprecherbox stand auf dem Fenstersims und spielte Abba.

„... you are the dancing queen young and sweet only seventeen
dancing queen!"

Jakobs Haarschopf tauchte auf. Die Sonne blendete ihn. Er hielt sich die Hand schützend über die Augen und angelte sich einen neuen Schraubenschlüssel aus seinem Werkzeugkoffer.

„Willst du was?"

„Cooler Bus!"

„Hat mich eine ganze Menge Arbeit gekostet, dass er wieder fährt", sagte Jakob stolz. Dabei krabbelte er nun ganz unter dem Wagen hervor und ging um den Bulli herum.

„Man könnte noch einiges machen. Ausgebaut habe ich ihn schon, damit ich darin auch mal schlafen kann. Musikfestivals finden ja meist nicht um die Ecke statt."

Tim nickte und schaute sich das Innere des Wagens an.

„Das ist doch der Wagen von Onkel Oskar, nicht?"

„Mein Vater nutzt ihn ja nicht mehr. Der steht doch nur sonst herum. Das wäre doch viel zu schade! Du willst doch etwas, ich merke das sofort, spuck es aus!", behauptete sein Cousin. Tim zögerte einen Moment.

„Ich bräuchte deine Hilfe", druckste Tim herum.

„Wobei?" Jakob kam interessiert näher.

„Ich bräuchte dich und dein Auto."

„Wie jetzt, Fahrerdienst? Und was kriege ich dafür?"

„Ähm..." Darüber hatte Tim noch gar nicht nachgedacht. Er hatte etwas Geld gespart. Oder sollte er Jakob mit dem Verrat seiner Geheimnisse unter Druck setzen? Nein, das war der falsche Weg! Jakob würde sicher nie mehr mit ihm reden.

„Weiß ich nicht. Würdest du denn deinen Wagen für einen Kostenvoranschlag in eine Autowerkstatt bringen? Also nur, um die Werkstatt unter die Lupe nehmen zu können?"

„Wieso das denn? Was willst du denn damit? Das kostet doch auch eine Menge Geld. Du musst ja sehr von deinem Plan überzeugt sein."

„Die Typen des Restaurants, in dem die Hochzeit stattfindet, haben glaube ich etwas mit der Entführung von Artemis zu tun. Und sie haben sich mit den Leuten von einer bestimmten Werkstatt getroffen."

„Wie, und da soll ich mein Auto hingeben? Spinnst du?"

Tim spürte, wie ihm das Blut ins Gesicht schoss.

„Ich weiß, es hört sich ziemlich verrückt an. Es wäre aber hilfreich. Da stimmt etwas nicht! Es wäre mir auch lieb, wenn du nichts darüber an Tordis und Onkel Paul weitergibst." Tim wusste, dass er keinerlei Beweise für seine Verdächtigungen hatte. Er befand sich damit auf dünnem Eis, durch das er sicher bald einbrechen würde.

Zu seinem Erstaunen hörte Jakob jetzt doch aufmerksam zu und unterbrach ihn auch nicht mehr.

Als Tim nach Hause kam, schlich er sofort in sein Zimmer und stieg auf einen Stuhl. Er angelte nach dem roten Auto auf dem Schrank, seiner Spardose. Tim öffnete sie, schüttete das Geld auf den Boden und zählte. Ob das reichte? Von Frederick konnte er sich bestimmt noch etwas leihen. Ob es das alles wert war? War er sich wirklich so sicher? Dass Jakob das alles mitmachte! Aber Jakob wusste natürlich, dass Tim und seine Freunde schon öfters eine besondere Spürnase für Verbrechen bewiesen hatten.

Wenig später saßen sie alle drei in Jakobs Bus. Jakob drehte die Musik lauter. Tim und Frederick wippten im Takt. Aus den Boxen plätscherte ein Mix aus Rock, Jazz und Reggae. Im Radio wurde die Musik für einen Aufruf unterbrochen: *„Die Polizei tappt im Dunkeln. Im vergangenen halben Jahr haben Unbekannte zweimal in Barmen zugeschlagen. Sie betreiben offensichtlich ein neu gegründetes Drogengeschäft. Hinweise, die zu den mutmaßlichen Tätern führen können und helfen, die Unbekannten festzunehmen, werden mit 3.000 Euro belohnt", schnarrte die Radiomoderatorin Gisela Tibbe.*

„Täterbeschreibung 1: 1,80 Meter groß, schlank, zwischen 30 und 40 Jahre alt. Leuchtend blaue Oberbekleidung mit übergezogener Kapuze, graue Hose. Täterbeschreibung 2: 1,80 Meter groß, muskulös, zwischen 20 und 30 Jahre alt. Oberteil mit Längsstreifen, schwarze Jeans. Unter dem einen hochgezogenen Ärmel hat einer der Beamten eine tätowierte Schlange auf dem Unterarm erkannt. Die Kapuze hatte auch der zweite Täter tief ins Gesicht gezogen."

Tim verschluckte sich fast an seiner eigenen Spucke. Tattoos hatten viele und Schlangen waren auch nicht selten. Oder sprach die Frau gerade von diesem Typen von der Autowerkstatt? Hatten die Leute noch mehr auf dem Gewissen als einen Hundediebstahl? Was machten sie hier eigentlich? Begaben sie sich in Gefahr? Oder war es schlau, dass Jakob diese Leute über den Wagen in ein Gespräch verwickelte, damit Frederick und er sich unauffällig auf dem Gelände umschauen konnten? Tim war so gespannt auf das, was sie erwartete, dass er sein Handy fest umklammert hielt. Seine Fingergelenke wurden dabei ganz weiß. Er bekam kaum Luft. Tim schloss für einen Moment die Augen.

„Ist dir nicht gut?“, fragte Frederick und öffnete das Fenster.

„Alles in Ordnung“, log Tim. Er versuchte, sich zu entspannen. Seine Aufregung legte sich dann doch und die Nervosität wich einer kaum zu unterdrückenden Müdigkeit, da er die Nacht fast nicht geschlafen hatte. Die Fahrt kam ihm ewig lang vor. Er hatte eine Kappe und eine Sonnenbrille dabei, damit er nicht von dem Tätowierten erkannt werden konnte. Zum Glück hatte er sich vorsorglich umgezogen.

Auf den Zahn gefühlt

Auf Schildern am Eingang stand: „Autoverwerter seit 1957", „Großer Lagerbestand auf 16.000 Quadratmetern & schneller Einbau der Autoteile" sowie „Anlieferung der defekten Fahrzeuge Tag und Nacht möglich!" Tim hatte gestern in der Dunkelheit die Schilder nicht gesehen. Nur der Tisch, an dem die Männer gesessen hatten, war hell erleuchtet gewesen. Die Schilder waren verrostet. Kein gutes Aushängeschild, dachte Tim nachdenklich.

Frederick, Jakob und er stiegen aus. Aus der Halle kam der Mann von heute Morgen auf sie zu. Tim zog seine Kappe tiefer ins Gesicht.

„Kann ich Ihnen helfen?", erkundigte sich der Mann.

„Ja, gerne", sagte Jakob.

„Brauchen Sie ein bestimmtes Ersatzteil? Ersatzteile sind oft genauso schwer zu finden wie die berühmte Nadel im Heuhaufen. Gut, wenn man in solchen Fällen weiß, wohin man sich wenden kann!" Er lachte über seine Formulierung, die er offensichtlich einstudiert und heruntergerattert hatte.

„Ich brauche einen Kostenvoranschlag für die Ausbesserung der Kratzer an der Fahrertür“, sagte Jakob mit fester Stimme.

„Okay, Sie meinen ein Gutachten?“

„Nein, einen Kostenvoranschlag.“

„Gut! Stefano! Dein Typ wird verlangt!“ Der Mann brüllte in Richtung Autowerkstatt.

„Augenblick, Cristiano! Komme sofort.“

„Wir haben etwa 93.000 originale gebrauchte Autoteile von allen möglichen Marken und Fahrzeugmodellen auf Lager. Natürlich alle sorgfältig geprüft und in bestem Zustand. Auch Türen, keine Sorge.“ Damit schlurfte Cristiano in die Halle zurück und schaute, wo sein Kollege blieb.

Der Kollege kam. Es war der Musiker Stefano aus dem Restaurant. Dieser Mann schien, viele Talente zu besitzen. Er setzte eine randlose Brille auf und begutachtete den Lackschaden aus der Nähe. Stefano strich zart mit der Hand darüber und ging wieder in die Halle, um mit einem Messgerät wiederzukommen. Tim hatte so etwas schon gesehen.

„Die unteren Lackschichten sind nicht beeinträchtigt. Deshalb benötigen Sie keine Lackierung. Da reicht reinigen, polieren und wachsen“, erklärte Stefano. Er wirkte auf dem Hof fehl am Platz. Seine Kleidung war im Gegensatz zu Cristianos sauber.

„Wenn Sie den Kostenvoranschlag für eine Versicherung brauchen, dann fällt das hier unter einen Bagatellschaden. Das kann ich Ihnen schon mal verraten. Ich werde Ihnen das gleich mal inklusive Stundensatz und Materialkosten auflisten.“ Damit verschwand er wieder in der Halle. Das konnte dauern.

Die Gelegenheit war also mehr als günstig. Tim und Frederick schlenderten in den hinteren Teil des Geländes und sahen sich um. Erschien ihnen hier etwas verdächtig? Sollte Tim etwas mit dem Handy fotografieren? Hier befanden sich weitere kleinere Hallen, deren Tore alle offen standen.

Sie sahen Fahrgestelle und Rollbänder, um die schweren Ersatzteile in die Regale einzusortieren. Es gab eine Unmenge Motoren, Batterien, Getriebe, Scheinwerfer, Motorhauben, Kotflügel, Auspuffanlagen und Reifen. Auch ein kleinerer Kran und ein Abschleppwagen standen vor einer der Hallen. Nichts deutete auf geheime Machenschaften hin. Auch schienen die beiden Männer die einzigen in der Werkstatt und auf dem Hof zu sein, die hier arbeiteten. Niemand sonst begegnete ihnen. Sie schlenderten wieder zurück zu Jakob, der gelangweilt aussah und noch vor dem Auto stand und wartete.

Stefano kam erst nach einer gefühlten Ewigkeit mit ein paar ausgedruckten Papieren zu ihnen zurück.

„Hier ist Ihr Kostenvoranschlag. Ab nächste Woche sind auch wieder mehr Mechaniker da. Es ist teilweise schon Urlaubszeit, wissen Sie, da fehlen uns unsere wichtigsten Männer. Deshalb vertrete ich meinen Onkel. Gelernt ist gelernt. Ich habe hier meine Lehre gemacht“, lachte er und zuckte mit den Schultern.

„Vielen Dank“, antwortete Jakob und setzte sich mit Schwung in den Bus. Frederick und Tim taten es ihm nach, dann fuhren sie langsam vom Hof herunter. Er hielt zwei Straßen weiter am Straßenrand und schaute sich die Papiere an.

„Also, wenn ihr mich fragt, da ist nichts faul. Der Typ war jedenfalls korrekt und diese Auflistung scheint das auf den ersten Blick auch zu sein“, stellte Jakob fest, der nach dem überaus kritischen Blick auf die Papiere diese nach hinten in den Bus warf. Jakob startete den Motor erneut.

„Und warum sagt mir mein Gefühl, dass die Typen bei irgendetwas Illegalem unter einer Decke stecken und Artemis gefangen gehalten haben. Vielleicht hat sie ja die Typen bei irgendetwas gestört. Sie haben vielleicht irgendetwas geliefert oder umgeladen." Tim kniff die Augen zusammen. Er versuchte, sich zu konzentrieren. Versteckten sie Drogen? War Cristiano der Gesuchte mit der Tätowierung?

„Nur durch Nachdenken, bekommt man das nicht heraus", warf Frederick ein.

„Immerhin wissen wir jetzt, dass es nichts mit Nahrungsmitteln oder Autoteilen zu tun hat, denn sowohl das Restaurant als auch die Autowerkstatt arbeiten offensichtlich korrekt", fasste Jakob zusammen.

„Was ja nicht unbedingt heißt, dass sie nicht noch andere verbotene Geschäfte im Hintergrund betreiben", gab Frederick zu bedenken.

„Ja, richtig! Es ist aber auch ein hartnäckiges Gerücht, dass Italiener so etwas machen. Natürlich gibt es die italienische Mafia, aber nicht jeder Italiener gehört dazu." Für Jakob schien das Thema erledigt zu sein.

„Und was ist mit Artemis? Sie war dort, ich habe noch einmal das Seil, das sie um den Hals hatte, angesehen. Es war dasselbe Seil", beharrte Tim weiter auf seinem Verdacht.

„Vielleicht gibt es ja für das Anleinen im Hinterhof des Restaurants eine ganz einfache Erklärung und es handelt sich hier um ein Missverständnis", mutmaßte Jakob.

„Und Seile können sich doch recht ähnlich sehen. Ich würde mich da auch nicht unbedingt hineinsteigern", gab Frederick zu.

Es war unüblich, dass Frederick nicht auf seiner Seite war. Tim ärgerte das. Warum machte er jetzt auf einmal einen Rückzieher? Tim nahm sich vor, ihn zur Rede zu stellen.

„Kann ich auf euch zählen? Ich plane mit Felix ein Fahrradrennen. Macht ihr auch mit? Ich nehme auch nichts hier für den Fahrerdienst. Eine Hand wäscht doch die andere!“, forderte Jakob. Er hatte also seine Hilfe nicht ohne Hintergedanken angeboten, dachte Tim.

„Ja klar, warum nicht?“, stimmte Frederick zu.

„Okay, abgemacht.“ Tim hing den Rest der Fahrt seinen Gedanken nach. Was war, wenn Frederick recht hatte und er sich verrannte? Oder gab es noch einen anderen Grund, warum sein bester Freund ihn so ausbremste?

Jakob setzte sie bei Frederick zu Hause ab.

„Wieso meinst du plötzlich, dass an dem Verdacht nichts mehr dran ist?“, bestürmte Tim Frederick sofort, noch bevor er die Haustür aufschloss.

„Psst, nicht so laut!“, zischte Frederick erschrocken. Dann zog er Tim in den Flur.

„Wieso, was ist?“

„Feind hört mit.“

„Wer hört mit?“

„Das Auto meines Vaters steht vor der Tür und seine Tasche steht dort an der Garderobe. Mein Vater arbeitet wohl heute zu Hause, im Homeoffice. Lass uns erst in mein Zimmer gehen!“

„Alles klar. Bin ja schon still.“ Auf leisen Sohlen gingen sie in Fredericks Zimmer, das durch die zugezogenen Vorhänge vor den geöffneten Fenstern komplett dunkel war. Die warme Luft stand hier im Raum, kein Lüftchen wehte die Vorhänge zur Seite.

„Und willst du mir jetzt mal sagen, warum du nicht mehr daran glaubst, dass sich die Typen vom Restaurant unsere Artemis geschnappt haben?“, wiederholte Tim seine Frage, nur mit anderen Worten.

Frederick horchte an seiner Zimmertür und machte dann Musik an. Er winkte Tim zu sich heran und flüsterte ihm etwas ins Ohr, das er fast nicht verstand.

„Übertreibst du nicht ein bisschen?“

„Ganz sicher nicht. Mein Vater ist auf der Hut. Er ist übernervös. Er und seine Kollegen werden bedroht, weil sie den Schmugglern auf den Fersen sind. Sie haben ihm und noch anderen Polizeibeamten einen toten Singvogel vor die Bürotür gelegt, damit sie die Ermittlungen einstellen und nicht singen, also nichts mehr sagen. Mafiabanden tun so etwas.“

„Das ist ja furchtbar!“

„Ja, er hat schon überlegt, meine Mutter und mich vorübergehend auszuquartieren. Ich war letzten Samstag froh, dass er nicht entdeckt hat, dass ich in der Nacht nicht in meinem Bett gelegen habe. Er wäre sicher ausgerastet. Zumal ich auch noch eine vier minus in Mathe mit nach Hause gebracht habe. Das habe ich ihm noch gar nicht erzählt. Das wird seine Stimmung sicher nicht verbessern.“

„Echt, er wird bedroht?“

„Im Übrigen glaube ich dir ja, dass du das Seil wiedererkannt hast, aber ich denke auch, dass es gefährlich werden könnte, wenn da etwas dran ist. Jakob hat die Mafia erwähnt. Wenn die von der Werkstatt zu den Schmugglern gehören sollten, wenn das Mafiamitglieder sind, dann ist das so richtig gefährlich. Zu gefährlich, wenn du verstehst, was ich meine.“

„Denkst du, es könnten die Werkstatttypen dahinterstecken? Vielleicht war es auch nur eine Katze in der Nachbarschaft?“

„Gleich mehrere tote Vögel? Mitten im Polizeipräsidium? Unwahrscheinlich, wenn du mich fragst. Jakob hat mich erst darauf gebracht, dass es auch bei unserem Fall die Mafia sein könnte. Jedenfalls wäre das extrem gefährlich, glaub' mir! Das wäre etwas ganz anderes als das, was wir bisher erlebt haben. Mafiosi sind gut vernetzt und kennen sich untereinander, wenn sie in derselben Stadt wohnen. Die scheinen auch alle miteinander verwandt zu sein, das sind ja oft ganze Familienclans. Wenn da ein Zusammenhang besteht..." Seine Stimme klang erstickt.

Tim wusste nicht, ob er das glauben konnte. Aber Fredericks Worte hatten ihn alarmiert. Und er selbst hatte ja auch schon einen möglichen Zusammenhang gesehen. Was war mit dem Radiobericht und der übereinstimmenden Tätowierung?

Davon hatte er Frederick gar nichts mehr erzählt, nachdem er so schlecht drauf gewesen war.

Tims eigene Verfassung war nun auch nicht mehr die beste, er war ebenfalls unruhig. Die Angst hatte ihn jetzt ergriffen. Oberkommissar Hansen wurde bedroht. Das war für Tim unvorstellbar. Denn Hansen war ein Mann wie ein Baum, der bärenstark und unangreifbar wirkte.

Tim war nach der Unterredung mit Frederick geschockt nach Hause gegangen und schaltete nun seinen Rechner an. Er suchte im Netz nach dem Begriff Mafia. Es wurden vor allem Berichte über Verbrecherorganisationen in Italien angezeigt. Dann entdeckte er einen Bericht zu dem Thema aus der Nachbarstadt Düsseldorf.

Mafia in Nordrhein-Westfalen so stark wie nie zuvor
Von Lisa Madest
Düsseldorf. *Es gibt in der Stadt arabische, russische, albanische oder chinesische Mafiaclans, aber von allen Mafiaclans gilt immer noch die italienische Mafia als die mächtigste. Sie operiert weltweit und ist kaum aufzuspüren. Ihre Mitglieder sind sehr gut organisiert, wie normale Geschäftsunternehmer. Allerdings stecken sie ihre Gelder aus verbotenen Geschäften in erlaubte und „waschen" so das Geld. Ermittler können das Geld aus den dunklen Machenschaften dann nicht mehr zu seinem Ursprung zurückverfolgen. Die italienische Mafia hat das europäische Drogen-Geschäft fest in ihrer Hand. Und Nordrhein-Westfalen spielt für die italienische Mafia eine große Rolle. Tatsächlich scheint sie in Nordrhein-Westfalen so stark zu sein, wie nie zuvor, auch wenn man sie nicht in der Öffentlichkeit wahrnimmt. Das Landeskriminalamt (LKA) zählt über 100 mutmaßliche Mitglieder in Nordrhein-Westfalen. Sie gehören zu den vier verschiedenen italienischen Mafia-Organisationen. Es sind die Organisationen Camorra aus Neapel, die Cosa Nostra aus Sizilien, die 'Ndrangheta aus Kalabrien und die Sacra Corona Unita aus Apulien.*

„Seit einigen Jahren ist in Nordrhein-Westfalen vor allem die 'Ndrangheta aktiv", sagt LKA-Sprecher Andre Reitel. Es gebe neben den Drogengeschäften natürlich auch noch die Schutzgelderpressung der Restaurants.

„Es ist nur heute nicht mehr so, dass jemand vorbeikommt und sich das Geld von den Besitzern abholt, weil er sie angeblich vor Übergriffen beschützt. Heute muss man stattdessen bestimmte und überteuerte Produkte von Herstellern in Mafiahand kaufen. Die Restaurants werden dazu gezwungen. Das kann Wein oder Olivenöl in großen Mengen sein. Auf diese Art wird nun Schutzgeld bezahlt", erklärt Thomas

Mattiola. Das habe für die italienischen Clans den Vorteil, dass das in Deutschland nur Nötigung sei und nicht mehr der Tatbestand der Erpressung. Das habe erheblichen Einfluss auf das Ausmaß der Strafe, wenn einer von ihnen verhaftet würde.

Tim empfand den Zeitungsartikel als beunruhigend. Wuppertal lag in Nordrhein-Westfalen. Ob das tatsächlich die Mafia war, die Hansen bei ihren Drogengeschäften aufgescheucht hatte? Und ob die Restaurantbesitzer da auch mit drinsteckten? Luigi hatte auf italienischen Wein bestanden. War das nicht etwas an Zufällen zu viel? Sahen Frederick und er etwas, was nicht da war? Oder musste er Tordis und Onkel Paul warnen und Hansen benachrichtigen? Vielleicht war das Quatsch und das alles hatte mit der Flughafen-Geschichte nichts zu tun? Was könnte es für einen Grund gegeben haben, dass sie Artemis angeleint hatten? Auch Hunde konnten jemanden wiedererkennen. Echte Ganoven hätten den Hund eher getötet. Da war sich Tim sicher. Sie verwischten ihre Spuren.

Auf Drogen deutete doch rein gar nichts hin! Oder hatte Artemis doch etwas gerochen? Sie war schließlich ein ausgebildeter Zollhund, der auf Drogengerüche spezialisiert war. Hatte einer der Küchenmitarbeiter sich im Hinterhof eine Zigarette mit Drogenpflanzen statt mit reinem Tabak angesteckt und Artemis hatte das gerochen? Und deshalb wurde sie einfach kurzerhand angebunden? Warum hatte ihnen Luigi nicht gesagt, dass der Hund im Hof gefunden worden war? Niemand hätte etwas vermutet. Nun aber schon. Seine Gedanken drehten sich im Kreis. Er las weiter.

Mitglieder der Mafia mussten absolute Verschwiegenheit schwören, auch gegenüber der Familie. Was war, wenn die

Mafia hier tatsächlich die Hände im Spiel hatte? Waren nur einige der Werkstatttypen beteiligt? Wieso vermuteten Hansens Kollegen, dass Mafiamitglieder ausgerechnet hier in Wuppertal ihr Unwesen trieben? Wenn es so war, dann war die Sache klar. Sie durften auf keinen Fall weiter ermitteln. Mafiamitglieder waren Teil einer Geheimorganisation, die keine Gnade kannte, die andere, die ihnen nicht in den Kram passten, mit dem Tod bedrohten. Tim erkannte erst jetzt, wie gefährlich das für sie werden konnte.

Er tippte die Nummer von Sonny.

„Hallo Tim?"

„Hi Sonny."

„Na, was hat eure Mission ergeben?"

„Gar nichts!"

„Hatte ich mir schon gedacht."

„Komisch ist es schon, dass sie Artemis angeleint haben."

„Ja, stimmt, wenn es denn so gewesen ist."

„Glaubst du mir nicht? Ich habe das Seil wiedererkannt. Frederick meint, dass es die Mafia ist und wir die Finger in jedem Fall davonlassen sollten."

„Die Mafia? Hier in Wuppertal? Das ist doch Unsinn! Tim, hier geht es um einen Hund. Lass die Kirche im Dorf. Das sagt ihr doch nicht nur, weil meine Mutter Italienerin ist, oder?" Das war mal wieder typisch, dass Sonny das Ganze auf sich bezog, dachte Tim. Er kannte allerdings auch ihren Ärger über die Gerüchte in der Schule, dass alle Italiener zumindest in mafiose Verwandtschaften verstrickt sein konnten. Das waren ungerechte Vorurteile, die von zickigen Mädchen ihrer Klasse in die Welt gesetzt wurden. Die anderen Mädchen beneideten sie um ihr gutes Aussehen und ihre guten Noten und behaupteten einfach irgendetwas, damit sie besser dastehen konnten als sie!

„Klingt übertrieben. Das gebe ich ja zu“, sagte er schnell. Er wollte sie weder verärgern noch sich seine aufkommende Angst anmerken lassen oder sich selber eingestehen.

Sollte er sich lieber um die handfesten Herausforderungen kümmern, wie das Radrennen, das demnächst anstand und das er zugesagt hatte? Da konnte einem im Vergleich nichts passieren. Was waren schon ein paar Kratzer am Knie, wenn er sich mit dem Rad hinlegen sollte? In zwei Tagen stand das erste Treffen, das Jakob in Beyenburg organisiert hatte, in der Turnhalle an.

Felix hatte sich einen aerodynamisch spitz zulaufenden Helm aufgesetzt und ein Trikot aus atmungsaktivem Lycra angezogen. Das tat er vermutlich, um die Besucher auch optisch auf das Thema einzustimmen. Tim registrierte, dass er rasierte Beine hatte, aber das war bei ehrgeizigen Radfahrern normal, denn es sollte angeblich bei Stürzen die Heilung der Haut beschleunigen können und Massagen erleichtern. Tim hatte es selber nie in die Tat umgesetzt, denn er hatte bisher nie in dem Bereich extremen Ehrgeiz entwickelt. Neben Felix lehnte dessen Rad auf der Bühne, das unter anderem aus einem besonders leichten Carbonrahmen bestand, wie Tim schon wusste.

„Wie ihr vielleicht ahnt, liegt mir das Radfahren am Herzen. Ich fahre mit dem Rad zur Arbeit, führe den Fahrradladen Die Pedale – das ist hoffentlich euer LBS, also euer Lokal Bike Store oder anders gesagt: das lokale Fahrradgeschäft eures Vertrauens in Elberfeld – und gehe nach Feierabend Mountainbiken. Ich mache wöchentliche Radtouren in der Gruppe und behalte meine eigenen Fahrten mithilfe einer App im Auge, um mich selbst anzuspornen, schneller zu werden. Die meisten Familienmitglieder und Freunde würden mich als begeisterten Radler bezeichnen.“ Felix machte eine Pause und sah sich in den Reihen der Besucher um, die zum Treffen gekommen waren.

„Aber wenn es darum geht, Radrennen zu verstehen, stand ich ziemlich lange, wie so viele, auf dem Schlauch, auf dem Fahrradschlauch sozusagen. Deshalb will ich euch an diesem Nachmittag eine kleine Einführung in das Thema geben und euch natürlich zur Teilnahme des geplanten Radrennens bewegen." Die meisten klatschten Beifall. Besonders Jakob klatschte länger als die anderen.

„Radfahren ist eine schnelle Sportart und man kann sich gut weiterentwickeln. Aber bevor ich euch etwas dazu erkläre, gebe ich euch ein paar Begriffe an die Hand und fang mal von hinten an, nämlich mit der Fahrt über die Zielgerade und wer welches Trikot wann gewinnen kann."

„Habt ihr schon ein Siegertreppchen und Flaschen für die Sektduschen der Sieger?", fragte Tims Vater lachend.

„Das werden wir schon alles besorgen, keine Bange. Von den Fachbegriffen sollte man kennen: das gelbe Trikot - es gibt noch das weiße, das grüne und das gepunktete - die Verfolgung, das Peloton, die Windstaffel. Ehrlich, da schwirrte mir früher irgendwann der Kopf. Hat jemand von euch schon davon gehört?" Einige meldeten sich, indem sie die Hand hoben.

„Ich erkläre das alles gleich. Kennt ihr überhaupt die Grande Boucle? So wird die Tour de France auch genannt. Es bedeutet die große Schleife und ist das bedeutendste Straßenradrennen der Welt. Die Tour de France wurde erstmals 1903 ausgetragen und findet einmal im Jahr drei Wochen lang statt. Interessiert sich jemand für das Rennen?", erkundigte er sich und lächelte Jakob zu, der ganz vorne saß.

Onkel Paul hob die Hand.

„Zu den Begriffen kann ich etwas sagen. Das grüne Trikot kann der Fahrer der Tour de France gewinnen, der bei Etappenankünften und Zwischensprints Punkte sammelt. Flache Streckenabschnitte werden hierbei deutlich höher bewertet als Bergetappen und ebenso schnelles Zeitfahren, um Sprinter zu bevorzugen, die gewöhnlich in der Gesamtwertung eher hintere Plätze belegen."

„Ganz richtig!", lobte Felix und hustete kurz ins Mikro. Er stand auf der Bühne im Lichtkegel in der Halle in der sonst Sonny ihren Tanzunterricht besuchte.

„Das weiße Gewinner-Trikot ist für den besten Nachwuchsradfahrer unter 25 Jahren bestimmt, mit dem gelben Trikot wird der Führende der Gesamtwertung geehrt. Dafür werden die Zeiten der Fahrer aller Etappen zusammengerechnet. Und das rotweiß gepunktete Trikot wird nachher von dem Fahrer getragen, der auf den Bergetappen die besten Zielpositionen hat und die meisten Punkte sammelt. Je schwieriger der Anstieg, desto höher die erreichbare Punktzahl. Dazu kommt auch noch ein extra Preis der Tour de France, eine rote Rückennummer, die dem kämpferischsten Fahrer jeder Etappe verliehen wird", fasste Felix zusammen.

„Sind das nicht die Farben blau für das Bergtrikot, pink für den Sprint und rosa für den Gesamtsieger?", warf die Mutter von Sonny zweifelnd ein.

„Richtig, bist du ein Tifoso, ein italienischer Fan? Das ist nämlich die Farbgebung für das Radrennen Giro d'Italia in Italien", erklärte Felix und freute sich offensichtlich über das Fachwissen im Publikum.

Marisa Grisanti errötete und winkte ab.

„Willkommen im Squadra, im Team." Felix zwinkerte ihr zu.

Es waren viele Beyenburger gekommen. Jakob hatte allen Bescheid gesagt und Werbezettel in die Briefkästen im Ort geworfen. Es sollte auch noch ein Infoabend in Elberfeld stattfinden. Tim saß zwischen Sonny und Frederick.

„Und was ist mit den vorher erwähnten Begriffen?“, wollte eine Frau in der mittleren Reihe wissen.

„Bei Straßenradrennen ist man auch als Profifahrer den Launen der Natur ausgesetzt. Es gibt natürlich den wunderbaren Rückenwind, aber auch Seitenwind, die so genannte Windkante. Zusammen mit dem Fahrtwind weht der Wind dann oftmals schräg von vorn. Dies führt zu Windstaffeln oder anderen Wettkampfstrategien.“

„Wie geht das denn?“, fragte ein Riese, der ganz vorne saß.

„Die Fahrer fahren seitlich versetzt, nicht direkt hintereinander, um sich so vom Wind abzuschirmen. Das ist einer der Fachbegriffe, die wichtig wären.“ Felix schielte auf einen Notizzettel, den er sich mitgebracht hatte.

„Generell ist es gut, direkt hinter einem anderen Fahrer zu fahren, der den Fahrtwind verdrängt. Fahrer im Windschatten benötigen viel weniger Energie. Das nennt sich auch Hinten-dran-hängen. Wer immer nur hinten dran hängt, macht sich allerdings nicht beliebt, das ist ja klar. Man sollte auf jeden Fall öfter wechseln und auch dem Rest seines Teams diese Vorteile verschaffen wollen.“

„Wir bilden Teams?“, Onkel Paul schaute ungläubig.

„Ja, das hat sich bewährt und ich werde mit euch Tests machen und euch zu einem Team zusammenstellen. Zumindest diejenigen, die sich zum Rennen anmelden.“ Felix’ Augen glänzten begeistert.

„Ach, du lieber Himmel!“, gab Onkel Paul von sich.

„Keine Angst! Wir begleiten euch mit einem Auto, mit Ersatzmaterial, wie zum Beispiel Reifen und geben euch Leihhilfe im Falle von Schwierigkeiten mit dem Rad. Wir nehmen auch Werkzeug und weitere Ausrüstung mit und halten Magnesium gegen schwere Beine und Muskelkrämpfe bereit.“

„Außerdem wird es Verpflegungszonen geben, mit Getränken und Bananen, damit ihr keinen Hungerast entwickeln könnt. Hungerast bezeichnet eine mögliche körperliche Schwäche als Folge von zu geringer Nahrungsaufnahme während des Rennens“, sprang Jakob ein.
Er gehörte auch zur Jury, dem Gremium von Rennkommissaren, das für die Einhaltung der Regeln und die Richtigkeit der Ergebnislisten verantwortlich war. Das stand zumindest auf der Einladung.

Sie wollten tatsächlich ein professionelles Rennen aufziehen. Tim war beeindruckt. Wie sollten sie als Nichtprofis in so kurzer Zeit in Form kommen? Er fuhr zwar gerne Rad und war nicht untrainiert, aber reichte das für so ein Rennen?

„Die stärksten Fahrer von euch werden dann jeweils die Kapitäne im Team. Auf sie wird die gesamte Teamtaktik ausgerichtet sein.“ Felix sah wieder auf seinen Zettel.

„Das erwähnte Peloton ist das Hauptfeld der teilnehmenden Rennfahrer. Dann gibt es den Ausreißer, das ist ein Fahrer, der sich vom Hauptfeld abgesetzt hat und einen Domestik. Er ist ein mannschaftsdienlicher Fahrer, dem je nach Rennsituation verschiedene Aufgaben zufallen und, der seinem Kapitän über längere Zeit Windschatten verschaffen kann. Ein Verfolger ist übrigens ein Fahrer, der versucht, eine Gruppe ausgerissener Fahrer einzufangen, also zu diesen aufzuholen.“

Ein Telefon klingelte wie eine Sirene. Felix war der Unmut über die Störung anzusehen. Der nervende Klingelton brachte ihn sichtlich aus dem Konzept. Jakob räusperte sich übertrieben.

„Das habe ich vergessen, zu sagen. Würdet ihr bitte eure Handys auf lautlos stellen!“, sagte Jakob schnell.

„Oh, Entschuldigung! Das ist dienstlich“, erklärte Oberkommissar Hansen und erhob sich. Während er nach draußen eilte, unterhielt er sich weiter mit dem Anrufer, ohne seine Lautstärke zu drosseln, und auf die Besucher der Veranstaltung zu achten. Er stolperte durch die Reihen und zum Ausgang der Halle.

„Ja, Chef, eine Durchsuchung. Eine Razzia im Restaurant. Alles klar! Bin gleich da."

Tim und Frederick sahen sich erschrocken an.

Teil 2

Von langer Hand geplant

Während sich die Polizisten aus Wuppertal und der Umgebung mit Schmugglern herumschlagen mussten, stand für Tim und seine Familie noch ein anderer Termin an. Tordis hatte an diesem Abend ihre Brautkleid-Anprobe.

Tims Vater und die anderen Männer trafen sich mit Onkel Paul, der natürlich nicht mitkam. Ein Bräutigam durfte vor der Hochzeit die Braut nicht in ihrem Brautkleid sehen.

Tordis war sehr unsicher, was das Kleid betraf. Tim konnte ihr den Wunsch nicht abschlagen, sich das Kleid als einziger männlicher Vertreter anzusehen. So begleitete er mit einigem Widerwillen den aufgeregten Frauentross auf dieser Expedition in den kleinen Laden in der Barmer City. Dort sollte er sein Urteil über ihr Outfit abgeben, das eine Schneiderin für sie um die Hüfte hatte weiten müssen.

Tim hatte in dem Barmer Geschichtsbuch gelesen, dass es früher anders gewesen war und damals sehr wohl die Männer die Frauen vor der Hochzeit in ihren Kleidern sahen. Es war nämlich üblich, dass die unverheirateten Frauen schon zum Kennenlernen ihre besten Kleider trugen.

Weiß galt als etwas Besonderes unter den Reichen. Arme Frauen hatten, wie das Aschenputtel-Märchen es beschrieb, keine Chance, dass ihr Kleid nach dem Feuerschüren in der Küche weiß blieb. Auch die Färbereien machten die weißen Stoffe noch seltener und damit wertvoller. Sie verschmutzten die zum Bleichen wichtigen Flussarme dafür zeitweise stark.

Die jungen Damen der besseren Gesellschaft bevorzugten für die Anfertigung der weißen Kleiderträume dünne Stoffe, wie Leinen, Musselin, Baumwolle, Batist und Seidenstoffe. Auch zierten ihre bodenlangen Kleider, deren Rockkanten schnell verschlissen, den Spezialartikel des findigen Barmer Fabrikanten Adolf Vorwerk. Er entwickelte die weltberühmte Velours-Kleiderschutzborde.

Vor einer Erkältung schützte man sich mit einer kurzen Spencerjacke aus weißem Samt, die meist mit weißer Stickerei, Borten und Quasten verziert war. Manchmal trugen sie auch einen Pelzkragen aus Schwanen-Daunen. Tim hatte, als er das gelesen hatte, sehr gelacht. Dann dachte er allerdings erschrocken an die Schwäne auf dem Beyenburger Stausee.

Über die Arme streiften die Frauen weiße Handschuhe bis zum Ellenbogen und die Kordel eines kleinen, mit Blumen verzierten Handtaschenbeutels übers Handgelenk. Ganz so wie heute offensichtlich eine Braut es auch noch tat. Tim hatte solche Kombinationen an den Schaufensterpuppen gesehen und war bei Tordis auf das Schlimmste gefasst. Er konnte sich nicht vorstellen, dass geschliffene Glitzersteine, Schleifen und Spitzen das Brautkleid und die Frisur von Tordis schmückten.

Endlich trat Tordis zögerlich vor die Wartenden, die es sich in einer Sitzgruppe gemütlich gemacht hatten. Ein Raunen war zu hören. Und der Schluckauf von Oma Helga. Sie vertrug sicher die Kohlensäure des Sektes nicht, den die Erwachsenen angeboten bekommen hatten.

Das Kleid war schön und Tordis auch. Trotzdem fand Tim, dass es ihr nicht stand. Es war ein zu gewaltiges Kleid, das sie fast wie ein Riesenballon verschluckte. Ihre Arme sahen viel zu kräftig aus, wie die eines Boxers. Das schulterfreie Kleid mit der Korsage betonte die Partie unvorteilhaft.

Sie sah in ihre Gesichter und schien zu ahnen, dass sie sich das falsche Kleid hatte aufschwatzen lassen. Sie brach in Tränen aus, knallte das seidene Beutelchen auf die Vitrine, nahm die Schleppe und stürzte mit dem sie umhüllenden Stoffpaket wieder in die Umkleidekabine.

Tim und Klara seufzten gleichzeitig.

Mama, Tante Annette, Oma und Tante Mathilda stürzten hinter ihr her und passten aber nicht alle in die Kabine, gefolgt von der Frau, die sie beriet.

„Ich kann Ihnen eine kurze Jacke dazu empfehlen“, drang die Stimme der Verkäuferin zu ihnen durch, die sich energisch in die enge Kabine zu Tordis hineingequetscht hatte.

Tim dachte an den Inhalt der Beuteltasche der früheren Ballteilnehmerinnen, die erst noch einen Mann zum Heiraten finden wollten. Darin befanden sich laut Barmer Geschichtsbuch, das er sich in den letzten Tagen zwischen Hausaufgaben und Abwasch vorgenommen hatte, ein Taschentuch und ein Stofffächer.

Beides waren Mittel der Dame gewesen, um dem Mann ihres Herzens ein verstecktes Zeichen geben zu können, denn eine unverheiratete junge Frau wurde damals von den Eltern oder einer Anstandsdame zum Ball begleitet. So sollte verhindert werden, dass sie mit irgendeinem Mann tanzte. Die vorher abgesprochenen Tanzpartner im schwarzen Frack, mit weißen gestärkten Hemdkragen und weißen Lederhandschuhen waren vorsorglich in eine Karte eingetragen. Die Zusammenkünfte der Tanzpaare waren also von anderen von langer Hand geplant. Spontanes Auffordern, das Nicht-Antreten eines Tanzes, für den man sich eingetragen hatte, oder eine Verspätung galten als unverzeihliches Verhalten. Das war heute zum Glück lockerer. Obwohl, wenn Tim an den Streit zwischen Tordis und Onkel Paul wegen der Reihenfolge der Sitzordnung und an die Tischkarten dachte, war er sich nicht mehr so sicher. Einiges war wohl doch noch aus den früheren Zeiten erhalten geblieben.

Damals konnte die Frau mit dem Fächer oder dem Taschentuch Interesse oder Gleichgültigkeit bekunden, ohne dass die Aufpasser es mitbekamen. Hielt diese den geschlossenen Fächer in der linken Hand und berührte die Oberseite mit der rechten, hieß das: „Ich möchte mit dir sprechen." Manche verschenkten auch heimlich ihr Taschentuch als Zeichen ihrer Zuneigung. Es war meist mit Spitze verziert, parfümiert und mit dem Anfangsbuchstaben des Namens der Frau bestickt. Ob Onkel Paul auch ein Zeichen von Tordis bekommen hatte, als sie sich kennengelernt hatten? Irgendein Geschenk? Neben diesen Dingen und der Karte war in dem Beutel auch noch ein Riechfläschchen mit Lavendelöl gewesen. Für alle Fälle hatten die Damen dieses dabei, denn durch ein zu eng geschnürtes Korsettoberteil konnte immer eine Ohnmacht drohen.

So ein Tanzevent dauerte mehrere Stunden. So ähnlich lang dauerte es auch, so kam es Tim jedenfalls vor, Tordis mit vereinten Kräften aus dem Stoffwirrwarr herauszuschälen. Klara war in ihr Handy vertieft und Tim langweilte sich ebenfalls. Der Laden beherbergte sonst keine Kunden. Tims Gedanken schweiften wieder ab.

Er dachte an das imposante Gebäude, das gegenüber des Barmer Rathauses stand. Vor dessen Eingang trafen sicher früher die Ballgäste in ihren Pferdekutschen ein. Sie stiegen die Treppe hoch und in den Spiegeln des Ehrensalons zeigten sich wahrscheinlich ihre erwartungsfrohen Gesichter, die Lichter der Kronleuchter und die zu Girlanden geflochtenen Blumen. Tim hatte die Fotos aus dem Concordia-Haus noch im Kopf.

Mit ihrem vollständigen Namen und Titel wurden vor allem die neu in die Ballgemeinschaft eingeführten jungen Damen angekündigt und vorgestellt, wenn sie den großen Saal betraten, der zu beiden Seiten in jeweils einen weiteren Saal überging. Das konnte sich hinziehen, hatte Tim gelesen. Deshalb hielten sich die älteren Herren bis zur Eröffnung des Balls in den kleineren Salons auf. Zum Zeitvertreib standen Tische für Billard und Spielkarten zur Verfügung, aber es gab auch ein Lesezimmer mit wertvollen Büchern und extra eins zum Rauchen.

Tim hätte sicher etwas gelesen, wenn er damals unter ihnen gewesen wäre. Schade, dass er heute kein Buch mitgenommen hatte. Zur Verpflegung aller Gäste wurde ein Buffet serviert, und Hausdiener gingen durch die Räume und reichten Champagner. So wie jetzt auch die Verkäuferin nochmal seiner gestresst aussehenden Familie nachschenkte und Häppchen anbot. Oma war im Sessel bereits eingenickt. Denn die Anprobe des zweiten Kleids schien noch länger zu dauern. Klara rollte mit den Augen. Sie und Tim hatten Orangensaft bekommen. Sie nippten an ihren Getränken und hielten jetzt den Atem an.

Tordis trat erneut aus der Kabine. Diesmal hatte sie ein noch voluminöseres Kleid an. Tim erinnerte es an eine mehrstöckige Torte. So eine hatte Onkel Paul letztens bestellt und sich über den Preis beschwert. Nur die Früchte fehlten. Er dachte verzweifelt, dass das nie etwas werden würde. Für Tim war es sowieso ein Rätsel, warum sie nicht einfach ein schlichtes Kleid anzog. Aber Tordis hatte sicher die fixe Idee, dass es ein Kleid sein musste, wie im Märchen oder bei einem Ball. Wo sie doch so ein Geschichtsfan war. Wie in den Filmen, die Klara sich so gerne anschaute: „Sissi – Schicksalsjahre einer Kaiserin“ oder auch das tschechische Märchen „Aschenbrödel“, das dem Aschenputtel der Gebrüder Grimm nachempfunden war.

Tim war gespannt, wie Onkel Paul das Kleid finden würde. Aber er liebte sie, egal welches merkwürdige Teil sie anhaben würde, davon war Tim überzeugt.

Auch wenn er noch so gerne die Anprobe abkürzen würde, schüttelte er jetzt leicht den Kopf, um Tordis zu signalisieren, dass es noch immer nicht das passende Kleid war. Er konnte sie doch nicht in so einer Garderobe in ihr Unglück laufen lassen! Als sie zum dritten Mal hinter dem Umkleidevorhang verschwand, schrieb Tim eine Nachricht an Frederick und erkundigte sich, ob es schon Neuigkeiten gab.

„Hat die Razzia etwas ergeben? Hast du schon etwas von der vorgenommenen Durchsuchung mitbekommen?“ Fredericks Antwort auf seine Fragen ließ genauso lange auf sich warten, wie Tordis’ dritter Versuch.

Am nächsten Tag besuchte er Tordis und Onkel Paul, um Artemis abzuholen. Er klingelte. Dann hörte er Stimmen.

„Vielleicht sollten wir die Hochzeit verschieben“, sagte gerade Onkel Paul, als er öffnete. Er nickte Tim zu.

„Komm rein! Tordis ist beim Arzt. Ihr Kreislauf spielt verrückt. Ich bin sofort aus dem Institut gekommen, aber Arthur war so nett und hat sie schon gefahren.“

„Paul, das kannst du ihr nach all dem doch nicht antun!“,

rief Oma Helga aus der Küche. Sie hatte Malin auf dem Arm.

„Hallo Tim, willst du etwas trinken? Heute ist es aber auch besonders schwül. Da kann man doch leicht Probleme mit dem Kreislauf bekommen, oder? Willst du Wasser?“, fragte Oma.

„Ja, gern.“

„Ich hole Tordis gleich wieder ab, ich wollte nur schnell unsere Kleine an Helga abgeben“, erklärte Onkel Paul, der schon die Autoschlüssel in der Hand hielt.

„Außerdem ist dann auch jemand da, wenn du mit dem Hund wiederkommst, falls es bei uns länger dauert“, ergänzte er.

„Okay.“ Tim setzte sich zu Oma. Heute war sein Onkel sicher froh, dass Oma da war und aushalf. Artemis kam zu ihm und leckte ihm die Hand. Er streichelte Artemis den Kopf und schaute Oma an. Sie zuckte nur mit den Schultern.

Die Tür fiel hinter Onkel Paul ins Schloss.

„Ist Tordis krank?“

„Ist sicher nur der Stress!“

„Na gut, ich gehe dann mal wie versprochen eine Runde mit Artemis.“

„Bis gleich, Tim.“

Tim dachte an das Gespräch mit Frederick. Er hatte ihn vor dem Spaziergang angerufen. Die Durchsuchung des Restaurants war ein Reinfall gewesen. Jemand hatte die Bande vielleicht gewarnt. Jedenfalls gab es nach der Razzia keine vorzeigbaren Ergebnisse. Es blieb also weiterhin unklar, ob überhaupt einer der Restaurantmitarbeiter etwas mit der Mafia zu tun hatte.

Allerdings gab es noch einen anderen Vorfall. Am nächsten Tag nach der Schule las Tim davon in der Zeitung, die sein Vater auf dem Frühstückstisch liegen gelassen hatte.

Verfolgungsjagd nach Angriff auf Taxifahrer
Von Rudolf Schmelzer
Elberfeld. *Die Bundespolizei hat sich am gestrigen Tag eine filmreife Verfolgungsjagd mit einem Mann am Hauptbahnhof geliefert. Der Mann soll einen Taxifahrer angegriffen haben.*
Gegen fünf Uhr nachmittags wurde die Bundespolizei über eine Auseinandersetzung am Taxistand in der Nähe des Wuppertaler Hauptbahnhofs informiert. Als die Einsatzkräfte vor Ort eintrafen, verfolgten Mitarbeiter der Bahnsicherheit den Mann. Auch die Bundespolizei nahm die Verfolgung auf. Dabei flüchtete der Mann durch den laufenden Verkehr vor dem Bahnhof in Richtung Bundesstraße, wo er aber wenig später vor den Augen der Beamten in eine Gasse in der Innenstadt verschwinden konnte. Der Täter ist weiterhin auf der Flucht. Nach Angaben des Taxifahrers Arthur Amadouni sei der Mann plötzlich aggressiv geworden. Er soll erklärt haben, dass er zum Düsseldorfer Flughafen wolle. Den geforderten Fahrpreis wollte der Mann nicht im Voraus zahlen. Dann soll er den Taxifahrer geschlagen haben, um danach zu flüchten. Die Bundespolizei hat gegen ihn ein Strafverfahren wegen Beförderungserschleichung und Körperverletzung eingeleitet.

Tim fotografierte den Artikel und verschickte das Foto. Dann schrieb er eine Nachricht an alle in ihrer Gruppe.

„Hallo Narek! Das ist ja ein Ding!"

„Hi Tim. Ja, stimmt. Ich bin noch ganz geschockt. Mein Vater ist aber zum Glück nicht schwer verletzt."

„Wir müssen uns treffen!", schaltete sich Frederick ein.

„Wann und wo?", schrieb Milla.

„Ich schlage vor, wir treffen uns in zwei Stunden bei uns in Beyenburg", tippte Tim.

„Alles klar“, schickte Milla eine Nachricht und Herzen.

Klara und Tim saßen auf dem Bett in Tims Zimmer. Frederick, der sofort herübergekommen war, hatte am Schreibtisch Platz genommen und haute ständig auf den Tacker.

„Kannst du das mal sein lassen?“, erkundigte sich Klara.

„Nee, das entspannt mich!“

„Ja schön, mich aber nicht“, fauchte sie.

„Was du immer hast. Na schön.“ Er fuhr stattdessen Pirouetten mit dem Drehstuhl.

„Das ist auch nicht besser“, bemerkte Tims Schwester.

„Wann kommen denn die anderen endlich?“, murrte Frederick und stoppte den Stuhl.

Tim schaute auf das Handy.

„Sonny will in 20 Minuten hier aufschlagen“

„Noch so lange? Und die anderen?“, fragte Klara.

„Narek und Milla müssten jetzt auch gleich hier sein“, gab Tim gedankenverloren von sich. Er strich die Zeitung glatt und schnitt den Artikel mit einer Schere aus. Dann sprang er auf und lief damit zu seiner Magnettafel. Daran pappte er ihn und dann ging er zum Schreibtisch und schob Frederick mit dem Drehstuhl zur Seite.

„He!“

„Ich muss da mal dran. Ich brauche den Notizblock.“

Mit einem Block, der aus verschiedenfarbigen Blättern bestand, ging er wieder zur Tafel, die er sonst fürs Vokabellernen nutzte. Währenddessen beobachteten die anderen gespannt, was er da trieb. Tim riss ein blaues Blatt ab. Er pappte es ebenfalls an die Tafel und schrieb mit einem Stift, der an der Tafelseite mit einer Kordel befestigt war, den Namen Luigi. Dann riss er ein zweites gelbes Blatt ab und schrieb darauf Stefano. Auf den dritten roten Zettel kritzelte er das Wort

Cristiano. Und aufs vierte und fünfte Papier in Flieder kamen die Texte „Mann mit Igelhaarschnitt“ und „Grauhaariger mit Brille“. Ein letzter Zettel in Orange wurde am Schluss mit dem Wort „Unbekannter“ beschriftet.

„Wird das unsere Verdächtigenliste?“, wollte Klara wissen.

Tim war so konzentriert, dass er nicht reagierte. Er schrieb „Drogenhändler aus Radiobericht“ auf einen grünen Zettel.

„So!“, sagte Tim zufrieden und ging einen Schritt zurück. Er betrachtete sein Werk. Tim hatte diese Methode in einem Fernsehkrimi gesehen und versprach sich einiges davon. Zu allen Verdächtigen hatte er einen kurzen Satz geschrieben.

1. LUIGI
– BESITZT DAS RESTAURANT
2. STEFANO
– ARBEITET ALS MUSIKER UND AUTOMECHANIKER
3. CRISTIANO
– ARBEITET ALS AUTOMECHANIKER
4. MANN MIT IGELHAARSCHNITT
– NOCH KEINE IDEE
5. GRAUHAARIGER MANN MIT BRILLE
– NOCH KEINE IDEE
6. UNBEKANNTER
7. DROGENHÄNDLER AUS DEM RADIOBERICHT
– EINER HATTE EIN SCHLANGENTATTOO WIE CRISTIANO

„Was sagt ihr dazu?“

„Tja, das ist ja alles gut und schön, aber bringt uns das jetzt auf Ideen, oder was?“ Fredericks Stimme klang nicht überzeugt.

„Wir brauchen von allen noch die Alibis und ihre möglichen Motive“, gab Tim zu bedenken.

„Wie sollen wir denn darankommen? Das ist doch gar

nicht möglich. Wir können ja schlecht zu ihnen gehen und sie fragen, was sie gestern gemacht haben, um zu überprüfen, ob sie Nareks Vater überfallen haben“, stellte Klara fest.

„Nein, ganz sicher nicht. Zumal wir uns nicht unnötig in Gefahr begeben können“, stellte Frederick klar.

„Und ob es einer von denen war, ist noch nicht klar“, fügte er hinzu.

„Deshalb hängt da ja auch der Zettel mit dem Wort Unbekannter.“ Tim verschränkte die Arme.

Dann schob Tim unbeirrt die Namenszettel untereinander und malte mit dem Stift eine Tabelle. In der ersten Spalte waren die Namen zu sehen. Die zweite Spalte trug den Titel „Alibi“ und über die dritte kritzelte er „Motiv“.

„Wer wollte so schnell und ohne Geld zum Düsseldorfer Flughafen und warum? Vielleicht sollte er kurzfristig eine Drogenlieferung abholen?“, schrieb Tim unter die Tabelle.

„Was sagt denn Nareks Vater? Der könnte uns doch bestimmt den Täter beschreiben. Oder kann er sich nicht erinnern, weil er einen Schlag auf den Kopf bekommen hat?“, überlegte Klara.

Sie hörten Stimmen. Narek, Sonny und Milla stürmten ins Zimmer.

„Hey, da seid ihr ja!“, freute sich Tim. Er klappte zwei der Klappstühle auf. Narek setzte sich sofort. Milla öffnete das Fenster, bevor sie sich schwungvoll neben Narek auf dem zweiten Klappstuhl niederließ. Sonny hatte sich bereits mit auf das Bett gesetzt.

„Und? Was kannst du berichten?“, bohrte Klara sofort bei Narek nach.

„Ich kann leider nichts über den Überfall sagen. Mein Vater wurde von der Polizei angehalten, vorerst mit niemandem über Einzelheiten zu reden. Und er hält sich daran.“

„Das ist ja ärgerlich!“, murmelte Klara.

„Frederick, weißt du nichts?“, fragte Narek.

„Nee. Alles unter Verschluss. Ich habe keinen blassen Schimmer.“

„Aber irgendwie müssen wir doch wenigstens aus der Ferne etwas herausbekommen, wenn wir schon nicht vor Ort ermitteln können. Jetzt ist Nareks Vater überfallen worden und Fredericks Vater wird bedroht. Wir müssen doch etwas tun!“ Tims Stimme kippte. Ob das an seiner Verzweiflung lag oder an einem Stimmbruch, vor dem er sich insgeheim fürchtete, konnte er nicht sagen. Er hängte ein unbeschriebenes großes Blatt Papier über die erstellte Verdächtigenliste, damit seine Mutter diese nicht entdecken konnte, falls sie ihnen gleich Getränke bringen sollte.

Als Tim die Augen aufschlug, schaute er in den klaren Nachthimmel und sah unzählige Sterne. Er war wohl eingeschlafen. In letzter Zeit war er nicht mehr besonders fit. Ständig gähnte er, dass es schon anderen auffiel und dann schlief er auch noch bei allen möglichen Gelegenheiten ein. Was war nur los mit ihm? Ein heller Stern fiel ihm auf. Das könnte Sirius sein, dachte er. Das Sternenbild hatte er bei einem lange zurückliegenden Ausflug in einem Planetarium erklärt bekommen. Tim lag auf einer Wiese. Neben ihm erkannte er Fredericks Umrisse. Was war passiert? Ach ja, jetzt erinnerte er sich wieder. Sie hatten nach der Besprechung mit den anderen noch dieses 3D-Geschichtsspiel gespielt. Narek hatte ihm die Software und die Cyberbrillen mitgebracht. Damit schien die Fantasieumgebung real und sie konnten sich darin bewegen.

„Wie sind wir hierhergekommen und wo sind wir hier gelandet?“ Sein Freund stützte sich auf die Ellenbogen und sah über den Hügel. Auch er schien sich nicht mehr zu erinnern.

Sie standen auf. Unschlüssig schauten sie sich um. Der Hügel war einer von vielen anderen. Unterhalb der Wiesenlandschaft lag ein Tal, durch das sich ein milchig schimmernder Fluss schlängelte. Über das Wasser führte eine lange Holzbrücke zu der anderen Seite des Tals. Dort sahen sie eine beleuchtete Stadt, deren Gebäude mit den aufragenden Felsen optisch verschmolzen. Die Häuser in der Mitte wirkten geheimnisvoll.

„Na, dann wollen wir mal den anderen einen Besuch abstatten", bestimmte Frederick grimmig. Zielstrebig lief er die Wiese herunter und steuerte auf die Brücke zu.

Plötzlich hörten sie eine Melodie. Nachdem sie kurz stehen geblieben waren, machten sie sich an den Aufstieg. Der steinige Pfad zu dem größten Gebäude war gut zu erkennen und sie kamen voran. Das Tor besaß mächtige Scharniere. Darüber glänzte im Mondschein ein prunkvoll verzierter Balkon. Das Tor wurde geöffnet. Die Musik übertönte das Begrüßungsgemurmel und als Tim ins Treppenhaus kam, verneigte sich ein in die Jahre gekommener Mann in feinem Zwirn. Er bat sie mit einer einladenden Geste, ihm zu folgen. Sie stiegen eine Treppe hoch.

Als sie die Musik laut und deutlich hörten, standen sie an der geöffneten Eingangstür eines großen Tanzsaals. Die Wände waren mit schimmernd gewebten Stoffen ausgekleidet und die vielen Kerzen in den Kronleuchtern spendeten warmes Licht. Tanzpaare wiegten sich über dem spiegelnden Parkett. Die Decke war mit Deckenmalerei in Pastellfarben verziert. Am Rand saßen Musiker und Sängerinnen. Tim erkannte Geigen und ein Cello. Der Mann im Anzug stieß einen langen Stab dreimal auf den Boden, sodass die Musik verstummte.

„Verehrte Anwesende, seit Tagen wissen wir, dass unser bewunderter Hansen in akuter Gefahr schwebt. Unsere Gesandten sind zurückgekehrt und können uns nun Näheres darüber berichten. Wir wollen sie gebührend empfangen." Jubel setzte ein. Sie bildeten eine Gasse. Tim sank das Herz in die Hose. Was sollten sie ihnen denn berichten? Sie hatten doch noch gar nichts herausgefunden!

Tim wachte schweißgebadet auf. Er hatte das Computerspiel, das er zuvor mit Frederick gespielt hatte, und die Infos über die Tanzbälle im Barmer Concordiagebäude aus dem Geschichtsbuch miteinander vermischt und in den Traum eingebaut. Aber eines war tatsächlich wahr, sie wussten rein gar nichts. Geschweige denn, wie sie Hansen helfen konnten, dachte er deprimiert. Er musste Narek treffen und mit seinem Vater reden. Er konnte heute mit dem Rad über die Trasse nach Elberfeld fahren und so auch noch ein bisschen für das Rennen trainieren und dabei die Tipps von Felix befolgen.

Es dauerte einige Zeit, bis Arthur Amadouni in gestreiftem Schlafanzug die Tür öffnete. Er hatte wohl eine Nachtschicht gehabt. Auf den Holzdielen im Wohnzimmer lagen zwei kleinere orientalische Teppiche. Irgendwo tickte eine Uhr. Es gab ein Regal mit Büchern und unter einer schwach leuchtenden Deckenlampe stand ein runder Tisch mit fünf Korbstühlen.

„Du willst sicher Narek sprechen. Ich hole ihn."

„Tut mir leid, dass ich Sie geweckt habe", murmelte Tim.

„Nicht so schlimm."

„Narek, kommst du mal bitte! Du hast Besuch."

„Jaaa, sofort."

Es dauerte trotzdem noch etwas, bis Narek im Wohnzimmer erschien. Amadouni und Tim blieben wartend stehen und schwiegen. Tim schaute sich um. Er war noch nie hier gewesen. Meistens kam Narek sofort herunter oder sie trafen sich woanders. In einer Schale, die auf dem Tisch stand, lag

Obst. An der braun gestrichenen Wand hingen zwei Holzinstrumente. Auf einem Tischchen stand ein Schachspiel.

„Hi, was machst du denn hier?"

„Hallo Narek", begrüßte Tim den Freund mit Handschlag.

„Deine Mutter ist mit Milena und Rosanna einkaufen gegangen. Ich lege mich wieder hin. Du weißt ja, wo alles ist, nicht wahr?", sagte Nareks Vater.

Narek nickte und er und Tim setzten sich.

„Würden Sie bitte einen Augenblick warten, Herr Amadouni, wir brauchen Ihre Hilfe."

„Ist etwas passiert?"

„Ja, ist es. Oberkommissar Hansen, der Vater von Frederick, wird bedroht."

Nareks Vater erstarrte in der Bewegung und drehte sich langsam um.

„Ich werde mir etwas anziehen und dann erzählt ihr mir alles ganz genau."

Amadouni verließ den Raum. Als er nach einer Weile wieder auftauchte, trug er ein rot kariertes Hemd, das er lässig in eine braune Cordhose geschoben hatte. In den Händen hielt er ein Tablett mit einer dampfenden Teekanne und drei Tassen.

„Also los, ich bin ganz Ohr! Wieso braucht ihr meine Hilfe und wobei?"

Blind wie ein Maulwurf

Tim hatte Nareks Vater tatsächlich dazu gebracht, den Täter zu beschreiben. Amadouni wollte Hansen natürlich helfen. Nun wussten sie, wie der Täter aussah, der Nareks Vater am Taxistand überfallen hatte. Nur das Dumme war, die Beschreibung von Amadouni passte auf keinen aus dem Restaurant oder der Autowerkstatt.

Es mussten verschiedene Fälle sein. Oder war es ein ihnen noch unbekanntes Mafiamitglied und nur dieses hatten sie noch nicht mit dem Rest der Männer zusammen gesehen? Oder hatte sich Tim verrannt? Was übersahen sie? Tim wälzte sich hin und her. Er konnte in dieser Nacht nicht schlafen. Was sie auch versuchten, es kam nichts dabei heraus. Es war zum Haareraufen!

Im Gegensatz zu Ergebnissen und Erkenntnissen häuften sich die Vorkommnisse. Erst war Artemis weg, dann wurde Hansen bedroht und danach wurde Amadouni überfallen. Nun war Hansen auch noch angeschossen worden. Es war ein glatter Durchschuss gewesen. Er hatte Glück gehabt. Es waren keine lebenswichtigen Organe getroffen worden. Fredericks Vater lief mit seiner verbundenen Schulter schon wieder herum und hatte so eine schlechte Laune, wie sie die Jungdetektive bei ihm noch nie erlebt hatten. Er war nicht der Mann, der sich gerne schonte. Nun musste er sich von Fredericks Mutter ständig anhören, dass er mal für eine Weile die Arbeit Arbeit sein lassen sollte. Das hatte ihm zumindest Frederick am Telefon berichtet.

Und seit heute waren auch noch die Ringe, die Onkel Paul und Tordis in einem Goldschmiedekurs geschmiedet hatten, verschwunden. Alles konnte natürlich unabhängig voneinander passiert sein. Denn was wollten Mafiosi mit einem Hund und Ringen anfangen? Zugegeben, Onkel Paul war ziemlich chaotisch und er konnte sie auch einfach verlegt haben. Aber die Häufung der Ereignisse machte Tim stutzig. Ihm waren im Garten von Tordis frische Fußspuren vor dem Fenster aufgefallen. Wollte womöglich jemand die Hochzeit verhindern? Oder sah er schon wieder Gespenster?

Sie hatten alles in der neuen Wohnung auf den Kopf gestellt. Tordis hatte am Ende einen Heulkrampf bekommen. Artemis unterstützte sie aus Leibeskräften mit einem lang gezogenen Heulton, in den Malin auch noch mit einfiel.

Tordis schloss sich in ihrem Arbeitszimmer ein. Daraufhin schnappte sich Onkel Paul die kleine Malin und fuhr mit Tim und Artemis nochmal den Weg ab, den er nach dem Abholen der Ringe zurückgelegt hatte. Die Ringe tauchten nicht mehr auf und Onkel Paul kaufte günstigen Modeschmuck in einem Laden für Accessoires als vorläufigen Ersatz.

„Unsere Ringe werden ja wohl irgendwann wieder auftauchen. Was ist das bloß für ein verdammter Stress, wenn man heiratet?“, motzte er vor sich hin. Tim zuckte mit den

Achseln. Er wollte danach mit Artemis Gassi gehen. Ob sie auch Goldringe fand? Sie war doch ein Spürhund. Er wusste allerdings nicht, wie er sie dazu bringen konnte, die Fährte aufzunehmen. So war er vorläufig wieder unverrichteter Dinge mit dem Rad nach Hause gefahren.

Tim drehte sich zum hundertsten Mal auf die Seite und wieder zurück. Er kam sich vor, wie ein blinder Maulwurf. Er dachte an Unmengen von gegrabenen Gängen, die nirgendwohin führten. Er starrte in die Dunkelheit.

Dann schloss er die Augen und konzentrierte sich auf die Ringe. Tordis hatte seiner Mutter ein Foto geschickt, als sie fertiggestellt gewesen waren. Der von Tordis besaß einen golden schimmernden Stein, den sie aus einem Ring ihrer verstorbenen Oma eingearbeitet hatte. Tim fand, dass der Ring auffällig genug war, um ihn finden zu können.

Aber Frederick hatte vermutet, dass Schmuckdiebe wahrscheinlich das Metall einschmolzen und den Stein dann vielleicht eher einzeln verkaufen würden.

Hansen hatte die Anzeige gegen unbekannt aufgenommen, auch wenn er nicht davon überzeugt war, dass es sich überhaupt um einen Diebstahl handelte. Er machte trotz seiner verletzten Schulter seinen Dienst am Telefon weiter und ließ sich auch von seinem Chef nicht davon abbringen. Er schien ebenfalls zu spüren, dass das Paar am Rande eines Nervenzusammenbruchs stand. Sicher tat es auch Hansen gut, sich von seinem eigenen Stress abzulenken.

Tim fühlte sich gerädert. Er schmiss sich von einer Seite auf die andere. Dann stand er auf und ging im Dunkeln die Treppe herunter. Er wollte sich etwas zu trinken holen.

So konnte es auf keinen Fall weitergehen, dachte er. Tim tippte, als er wieder in seinem Bett lag, mehrere Nachrichten in die Handygruppe der Detektivgruppe.

Um die Zeit totzuschlagen, beschloss er, in seinem Bett zu lesen, wenn er schon nicht schlafen konnte. Tim entschied sich für das Buch über die Entstehung Barmens, das Tordis ihm mitgegeben hatte. Er war zwar hundemüde, aber trotzdem neugierig auf den Stadtteil und seine Geschichte. In Barmen hatten sich Färber niedergelassen. Dorthin hatten sich auch die Bandenmitglieder abgesetzt, die Oberkommissar Hansen und seine Kollegen verfolgt hatten.

In dem Buch entdeckte Tim Karten von früher und heute. Er verglich sie miteinander. Der Barmer Wald musste damals im Mittelalter größer gewesen sein. Er reichte von Bendahl, eigentlich Bärental, in Unterbarmen bis Ehrenberg in Beyenburg, wo er wohnte. Ob im Unterbarmer Bärental Bären gelebt hatten? Tim schauderte. Er dachte an das Märchenbuch, dass er in den Händen gehalten hatte. In dem Märchen „Schneeweißchen und Rosenrot“ gab es einen verzauberten Bären. Er hatte noch nie einen gesehen, höchstens im Wuppertaler Zoo.

Am Rand des Barmer Waldes lagen am Wupperufer die saftig grünen Auenwiesen, die von den Seitenflüssen durchzogen waren. Der Bruch war noch Sumpfland, der Fingscheid ein Finkengrenzwald und im Springen war eine Quelle zu finden. Wovon die alten Flurnamen der heutigen Barmer Orte erzählten! Es war eine Gegend, in der man nicht überall trockenen Fußes spazieren gehen konnte. Es gab im angrenzenden Wald viele Singvögel und man konnte sich am sprudelnden Quellwasser erfrischen. Die Umgebung der ersten wenigen Höfe war also wilde Natur gewesen. Tordis hatte ihm erklärt, dass die Straßen- und Gebietsnamen jede Menge verraten konnten. Zum Glück hatte sie die Bedeutungen auf eine Liste geschrieben, die er im Buch fand. Sicher erklärte sie das auch ihren Schülern.

Eine Gegend hieß Loh. Dort wuchs ein Eichenwald, hatte sie notiert. In diesem schälten die Menschen die Rinde der Eichen ab. So gewannen sie die Gerberlohe, die sie zum Gerben von Tierhäuten benötigten, also zur Gewinnung von Leder. Später war sie auch noch zum Färben zu gebrauchen. Die Lohe enthielt die dafür benötigten Gerbstoffe. In einer Lohmühle wurde die Rinde für den Gerbvorgang zerkleinert. Es musste in manchen Barmer Gegenden wegen der in Kessel eingelegten Tierhäute ganz schon gestunken haben!

Besonders in der Gegend Clausen, eigentlich Clauhausen, lebten Viehzüchter. Der Name leitete sich von Tierklauen ab. Die Züchter führten ihr Vieh auf die in der Nähe liegenden Hardt, einen Weidewald. Die Tiere fanden dort Eicheln und Bucheckern zu fressen. Klar, wenn viele Menschen Tiere häuten und essen wollten, brauchten sie große Viehherden. Allerdings waren auch deshalb Diebe nicht weit. Die Tiere waren eine begehrte Beute für sie. Als Schutz schichteten die Hofbesitzer Wälle auf, pflanzten darauf mannshohe dichte Dornenhecken und hoben zusätzlich davor tiefe Gräben aus. Die Hecken, Wälle und Gräben dienten nicht nur dem Schutz vor möglichen Angreifern, sondern sie stellten auch eine Grenze dar, damit die wertvollen Tiere nicht weglaufen konnten. Diese natürlich gewachsenen Grenzen, auch Landwehren genannt, besaßen mit Schlagbäumen als Schranke, Holztoren oder Drehkreuzen verschließbare Durchlässe für Händler, die ihre Tiere zu den Viehmärkten im nächsten Ort führen wollten. Die Unterbarmer Bezeichnung „Haspel“ stand für einen drehkreuzartigen Durchlass. Die „Hardt“ war ein mit Hecken bepflanzter Grenzwald und „Im Schlippen“ bedeutete ein stark befestigter und verschließbarer Durchlass.

Tim fand den zuletzt genannten Namen auf der Karte. Dort wohnte früher ein Nachtwächter oder Schließer, der das Tor zwischen zehn Uhr abends und sechs Uhr morgens zu schließen und zu bewachen hatte, wurde im Buch erklärt. Der Ort Barmen entstand an einer solchen Gebietsgrenze, einer Landwehrhecke.

Durch den Besitz der jeweiligen Bauernhöfe kam hier nicht nur die Grenze zwischen benachbarten Viehweiden zustande. Auch die Grenze zwischen dem bergischen Gebiet und dem märkischen war hier zu finden. Die Landwehr teilte das Gebiet also und führte vom Leimbachtal zum Wupperfluss.

Die Erbauer einer solchen Hecke verflochten Zweige von Gewächsen mit leicht biegbaren Hölzern eng miteinander. Das waren Hainbuchen, Weiden oder Haselnusssträucher. Mit dem Unterholz aus Brombeerbüschen oder Heckenrosen entstand eine nahezu undurchdringbare Stacheldrahtwirkung.

Das ließ Tim unwillkürlich an das Märchen mit der zu rettenden Prinzessin namens Dornröschen denken. Dort mussten die Prinzen aus anderen Königreichen die Grenze aus einer hohen Dornenhecke überwinden. Tim betrachtete die Zeichnung eines Aufbaus so einer offensichtlich langlebigen Hecke und las dann weiter.

Angebrochene Zweige begrünten sich wieder und trockneten auch nicht aus. So konnten sie nur schwer von Viehdieben angezündet werden. Denn nur abgestorbenes, also ausgetrocknetes Gehölz, brannte gut genug. Bei regelmäßiger Pflege bewirkte das Anlegen der Kombination aus Gräben, Wällen und Hecken eine besonders widerstandsfähige Grenze. Wo vorher nur Grenzsteine oder Grenzbäume standen, wurde durch verstärkte Viehzucht dieses „Gedörn“ errichtet.

Mit der Einigung nach der Schlacht von Kleverhamm zwischen den miteinander verwandten Grafen wurden die dornigen Landwehren zwischen ihren Gebieten überflüssig und entfernt. Die Grenze verschob sich mit der Versöhnung der beiden Herrscherfamilien Berg und Mark nach Osten an die Oberbarmer Bäche Schellenbeck und Schwarzbach. Die Flüsse bildeten nun eine natürliche Grenze. Die bergischen und märkischen Höfe wurden daraufhin zu einer Bauernschaft zusammengefasst.

Nach diesen dornigen Hecken, wurde der Unterbarmer Oberhof des Grafen von Berg in der Nähe der Grenze benannt: er hieß Dörner Hof. Tim erinnerte sich an Straßen mit den Namen „Oberdörnen“ und „Unterdörnen“, als sie nach Artemis gesucht hatten.

Nachdem die Grenze verlegt worden war, stand an der alten Grenzlinie auf der von Wupperwasser umflossenen Insel immer noch die herrschaftliche Bannmühle. Dort mussten die Bauern aller umliegenden Höfe das Korn mahlen lassen. Zwischen dem Seitenarm, also dem Mühlengraben, und dem Hauptfluss der Wupper, lag der „Werther Hof“. Das Wort „Werth“ bedeutete Insel. Aha! Tim dachte an den Werth, die Fußgängerzone, durch die er mit den anderen gegangen war. Mittlerweile war der Mühlengraben fast vollständig überbaut und beherbergte Versorgungsleitungen.

Früher trieb der Fluss im Graben die Räder der Mühle an und bewässerte vor allem die Wiesen des Werther Hofs und des Bauernhofs „Zur Scheuren“, der Scheune des Barmer Ritterguts. Ein Stauwehr regulierte das Wasser: Bei Niedrigstand strömte es in den Graben und bei drohendem Hochwasser in das breite Wupperflussbett. Wie in Elberfeld entwickelte sich durch die günstige Lage am Wasser um 1450 am Werth das Bleicherei-Gewerbe, von dem Tim gelesen hatte.

Helle, von der Sonne ausgeblichene Stoffe waren damals sehr wertvoll und deshalb begehrt. Die Barmer entwickelten so eine besondere Fertigkeit in dieser Technik, dass Herzog

Johann der Dritte im Jahr 1527 nicht nur den Elberfelder Bleichern, sondern auch den Barmern das Privileg der „Garnnahrung“ verlieh. Das hieß, dass nur sie und die Elberfelder dieses Gewerbe in seinem Reich ausüben durften. Das Bleichergebiet, das von Wasser umspülte Stück Land genau auf der ehemaligen Grenze, besiedelten im Laufe der Zeit auch Siedler von außerhalb. Sie ließen sich um die Mühle auf dem westlichen, dem von Überschwemmungen weniger ausgesetzten Teil, nieder. Nach der Grenzverschiebung wuchs die Bevölkerung zusammen. Es entwickelte sich auf der Wupperinsel, mit dem Ritterhof in den Dörnen, der Mühle und den Bauernhöfen, allmählich das Grenzdorf „Gemarke“, das Grenze bedeutet. Es wurde zum Siedlungskern der späteren Großstadt Barmen. Der Name „Barmen“ war nach dem Begriff „Berme“, dem aufgeschütteten Wall, also dem Gebiet zwischen dem Graben und der Böschung, entstanden.

Tim klappte das Buch zu. Er gähnte. Nützte ihm das Wissen, dass Barmen eine Gegend mit Hecken wie im Märchen gewesen war? Er wusste, dass es auch einen Barmer Stadtteil namens Heckinghausen gab. In Tordis' neuem Garten gab es keine schützenden Hecken, auch wenn sie in Barmen wohnte. Immerhin hatte er sich für eine weitere kurze Zeit abgelenkt, bevor sie neue Aktionen planen konnten.

„Frederick, nicht so schnell!“, riefen Klara und Milla im Chor. Frederick diktierte am laut gestellten Telefon, was sie machen mussten, um die gefundenen Fußspuren im Blumenbeet von Tordis zu sichern.

Tim und die beiden waren nochmal zu Onkel Pauls Wohnung gefahren. Tordis und Onkel Paul dachten, sie spielten mit Artemis Ball. Aber sie nahmen den Garten, den sie zuvor außer Acht gelassen hatten, genauer in Augenschein. Und tatsächlich waren ihnen Fußspuren aufgefallen. Sie waren noch da. Sie fanden sie vor einem Fenster. Die Abdrücke schienen eher klein zu sein. Wer sollte dort gestanden haben? Tatsächlich der Dieb?

Alle, die sich in letzter Zeit im Garten aufhielten, hatten größere Füße. Onkel Paul hatte Schuhgröße 45, Tim selbst hatte 41 und auch Tordis hatte Schuhgröße 41. Tim hatte seine Füße neben die Abdrücke gehalten und gesehen, dass sie größer waren. Wer also hatte vor dem Fenster gestanden? Oma? Sie trug allerdings keine Schuhe mit so einem Profil. Es musste jemand Fremdes gewesen sein. Vielleicht mit Turnschuhen. Nur wer? Die Postbotin? Hatte sie am Fenster geklopft, weil Tordis sie nicht gehört hatte? Tim hatte darauf bestanden, dass sie die Spuren sicherten. Am besten, wenn die beiden nicht da waren. Heute Nachmittag war die Zeit günstig gewesen, denn Tordis und Onkel Paul waren mit Malin einkaufen gefahren.

Tim hatte einen Schlüssel fürs Gassigehen bekommen und war mit Klara und Milla sofort zur Tat geschritten. Artemis sprang erwartungsfroh an ihm hoch.

„Unten bleiben! Milla, nimm sie mal“, rief Tim und notierte in seinem Notizbuch das Datum. Er fertigte eine Profilzeichnung an und machte ein Foto mit dem Handy. Klara hatte nach Fredericks Anweisung jede Menge mitgebracht: ein Maßband, einen Borstenpinsel, eine Zahnbürste, ein paar Papierhandtücher, einen Löffel, einen Plastikmessbecher, einen Gipsbecher und eine Sprühflasche. Sie zog alles der Reihe nach aus dem Beutel. Milla hatte sich das Haarspray ihrer Mutter gemopst. Eine Gießkanne mit Wasser gab es hier im Garten. Sie erwarteten weitere Anweisungen von Frederick.

„Ihr müsst die Erde mithilfe der Sprühflasche anfeuchten oder noch besser, ihr fixiert die Erde mit dem Haarspray“, erklärte Frederick. Er hatte zu Hause jede Menge Bücher zum Thema Spurensuche. Ganz so, wie es sich für den Sohn eines Oberkommissars gehörte.

„Und dann?" Milla kniete vor den Spuren und sprühte alles voll, sodass alle husten mussten.

„Betrachtet den Abdruck und macht Notizen zur Abdruckgröße und Abdrucktiefe!", drang die Stimme Fredericks aus dem Lautsprecher.

„Aha, dann kommt jetzt das Maßband zum Einsatz", stellte Klara fest und hielt es an die Abdrücke. Auf einem Zettel notierte sie die Maße. Tim übertrug sie in sein Heft.

„Und jetzt?" Tim bewaffnete sich schon mit der Gießkanne und dem Messbecher.

„150 Milliliter Wasser mit dem Messbecher ganz genau abmessen", las Frederick mit mahnender Stimme vor.

„Habe ich gemacht, ich habe alles abgemessen", sagte Tim.

„Den Messbecher mit Papierhandtüchern gut abtrocknen, bevor ihr ihn mit Gips bis zur 300 Millimeter-Markierung füllt."

Milla räusperte sich. Es staubte ein bisschen.

„Was ist? Soll ich weitersprechen?", erkundigte sich Frederick.

„Alles klar! Mach ruhig weiter." Klara schüttete den Gips in den Gipsbecher. Tim hielt den Becher fest.

„Rührt die Mischung solange mit dem Löffel, bis ein klumpenfreier Brei entsteht! Die Gipsmasse sollte eher zähflüssig sein, so wie frisch gekochter Pudding. Aber nicht zu zähflüssig, sie sollte ja auch noch gut aus dem Behälter herausfließen können."

„Okay." Klara rührte.

„Was jetzt? Wir sollten uns beeilen! Denn wir wissen ja nicht, wie lange Onkel Paul und Tordis unterwegs sind." Klara vertrat sich die Beine.

Offensichtlich war eines eingeschlafen.

„Gießt die angerührte Masse in den Fußabdruck und verstreicht sie vorsichtig! Der Fußabdruck muss ausgefüllt sein. Seid damit vorsichtig! Der Gips trocknet schnell!"

Klara verstrich die Flüssigkeit, die Tim vorsichtig in die Vertiefung schüttete, gleichmäßig.

„Wir sind fertig!" Klara klatschte in die Hände.

„Wenn der Abdruck getrocknet ist, nehmt ihr ihn vorsichtig aus der Erde und reinigt ihn mit dem Borstenpinsel. Das ist alles", schloss Frederick.

„Das ist ja einfach!", stellte Milla fest.

„Bin gespannt, was uns das bringt", ließ Frederick leise Zweifel anklingen.

„Dann haben wir mal so eine Spurensicherung ausprobiert und mit ein bisschen Glück gewinnen wir neue Erkenntnisse", konterte Klara.

„Stimmt auch wieder. Etwas Neues ausprobieren, kann nie schaden. Die Größe der Abdrücke zusammen mit der Tiefe kann einen Eindruck von der Größe und dem Gewicht der verdächtigen Person vermitteln, steht hier. Die Länge eines Fußabdrucks ohne Schuh in Zentimeter multipliziert mit sieben entspricht in etwa der Körpergröße des Schuhträgers. Und habt ihr die schon?", fragte Frederick ungeduldig.

„Ach so, da steht auch noch eine Ergänzung. Von der Abdrucklänge mit Schuh müssen eins Komma fünf Zentimeter abgezogen werden, um die Körpergröße zu berechnen. Je tiefer der Abdruck ist, desto schwerer muss die Person gewesen sein, die den Abdruck hinterlassen hat", ergänzte Frederick.

„Okay. Demnach hat der Träger Größe 39", informierte Tim.

„Im Idealfall kann man die Abdrücke mit den Schuhen der Verdächtigen direkt vergleichen", freute sich Milla und zog die schnüffelnde Artemis von den Gipsabdrücken weg.

„Wir haben doch noch gar keinen Verdacht! Aber es hilft, dass fast jedes Schuhmodell ein eigenes Muster hat. Das Profil ist also besonders interessant. Die Polizei besitzt sogar Listen, aus denen die Marke und das Modell über das Profil bestimmt werden können, das weiß ich von meinem Vater. Dann kennt man wenigstens das Modell“, gab Frederick mal wieder ein bisschen mit seinem Wissen an.

Es machte pling und ein Foto der Buchseite kam auf Tims Handy an. Frederick schickte ihm die Liste mit Schuhgrößen.

„Guck mal! Das ist ja cool. Man kann tatsächlich von der erhaltenen Schuhgröße auf die Körpergröße schließen!“ Klara war sichtlich beeindruckt.

„Es ist zwar nur ein einigermaßen ungenauer Anhaltspunkt, der ist aber besser als keiner“, gab Frederick zu.

„Danke erst mal! Das hat ja bis jetzt ganz gut geklappt“, ließ sich Tim zu einem Lob hinreißen.

Liste:
Schuhgröße 39: 165 cm
Schuhgröße 40: 168 cm
Schuhgröße 41: 170 cm
Schuhgröße 42: 173 cm
Schuhgröße 43: 175 cm
Schuhgröße 44: 180 cm
Schuhgröße 45: 186 cm
Schuhgröße 46: 193 cm

„Unser Besucher muss also etwa 1,65 Meter groß sein“, überlegte Milla.

„Ja, hier stand vermutlich eine Frau oder auch ein kleiner Mann“, stimmte Klara zu.

„Ich schicke dir das Foto des fertigen Profils rüber, vielleicht bekommst du ja das Schuhmodell heraus. Also, danke nochmal für deine Hilfe!“, sagte Tim zu Frederick, bevor er ihn wegklickte.

Nach einer Weile hob Klara die ausgehärteten Gipsreliefs hoch. Mit der Zahnbürste entfernte sie die groben Erdklumpen, die doch noch am Gips kleben geblieben waren. Den Pinsel benutzte sie für die feinen Erdpartikel.

„Sie sind nicht sehr tief. Derjenige muss nicht nur relativ klein, sondern auch leicht sein“, fasste Klara zusammen, bevor sie alles wieder einpackten.

Tim fotografierte die Abdrücke, die sie auf den flachen Händen balancierte, und sendete sie Frederick zu. Damit war ihr Werk beendet.

Die Gipsabdrücke wickelte Klara vorsichtig in die restlichen Papierhandtücher ein.

„Super, sag Bescheid, wenn es etwas Neues gibt!“, verlangte Milla und schaute auf ihre Uhr.

„Ich muss! Für nächste Woche hat Frau Eberhard einen Englischtest angekündigt und morgen habe ich nicht so viel Zeit zum Üben. Mein Vater kommt.“

„Ich verstehe. Ich melde mich!“, versprach Tim. Er wusste, wie sehr sie sich über den seltenen Besuch ihres Vaters freute.

Am Abend besuchte Sonny mit ihrer ganzen Familie überraschenderweise die Johanns, genauer gesagt Tim und Klara doch noch spontan.

So konnten sie sich noch einmal besprechen, bevor sie sich auf eine Nacht in der Scheune vorbereiteten. Allerdings wurden sie von Oma dazu eingeteilt, ihr beim Zubereiten des Abendessens zu helfen.

Für die Dressingsoße goss Oma Helga zu Senf und Honig, Balsamicoessig und Olivenöl. Das Öl schimmerte in der Abendsonne, die durchs Küchenfenster der Johanns schien, fast dunkelgrün. Sonny reichte ihr die Pfeffermühle und das grobe Meersalz. Tim hielt den Joghurtbecher bereit. Am Schluss gab Oma noch ein klein bisschen Dill hinzu.

„Ich muss an meinen Großvater denken, der immer vom flüssigen Gold redet und damit sein eigenes Olivenöl meint. Einmal im Jahr feiern die Bewohner des Heimatdorfes meiner Mutter in Italien die Olivenernte. Ich habe meinen Opa einmal zu der Zeit mit meiner Mutter besucht“, erzählte Sonny.

„Und wie war das?“, fragte Tim.

„Menschenschlangen bilden sich dann, um Brot, Stockfisch und eine Flasche Wasser zu bekommen. Überall in dem Park des Örtchens sitzen sie an langen Holztischen und beträufeln ihr Weißbrot fast schon ehrfürchtig mit seinem Olivenöl aus den Karaffen. Mein Großvater liebt es, den Satz zu sagen, dass er dem flüssigen Gold der Oliven den Wohlstand zu verdanken hat. Bei ihm dreht sich eigentlich alles darum.“

Sonny probierte das von Oma verrührte Dressing und auch einen Tropfen des puren Öls.

„Das Öl schmeckt! Wie bei Großvater.“

„Das freut mich. Es ist aus der ersten Pressung“, sagte Oma.

„Ich habe ihn einmal beobachtet, wie er die Oliven geerntet hat. Dabei schlägt er mit Holzstangen auf die Bäume ein, damit die Oliven auf die ausgelegten Stoffbahnen herunterfallen. Danach werden sie gewaschen, zerkleinert und in einer Zentrifuge entsaftet. Das Öl der ersten Pressung – es ist das Beste – steht dort immer nur dem Bürgermeister zu.“

„Oha!“ Oma verteilte die Soße auf den Salatblättern, den Tomaten und Gurken in der großen Schüssel und spülte dann das kleine Schälchen, in dem sie das Dressing angerührt hatte, unter fließendem Wasser ab.

Tim hielt es nicht mehr aus.

„Haben Tordis und Onkel Paul die Ringe gefunden?"

„Nein. Tordis ist immer noch ganz verzweifelt. Das runde Amulett ihrer Oma hat sie Gott sei Dank noch. Darin ist ebenfalls ein Bernstein eingearbeitet. Sie hing so an den Steinen! Bernstein ist ja erst unscheinbar grau, bevor er erhitzt wird, damit die Luftblasen in dem seit Millionen Jahren konservierten Zedernharz verschwinden und der Stein noch mehr Glanz entwickelt. Sie hat mir erklärt, dass kein Stein dem anderen ähnelt. Ihre ganze Familie war sehr stolz auf die Steine."

„Dann sind sie unersetzlich?", warf Sonny ein und probierte schon mal ein Salatblatt mit Soße.

„Ihre Urgroßmutter fand die Steine nach einem Herbststurm, hat Tordis mir erzählt. Damals war der ganze Strand damit übersät. Tordis hat die angespülten Steine noch als Kind gesehen. Heute gibt es wohl seltener Funde."

Oma Helga seufzte und verteilte den Salat auf alle Salatteller.

„Finger weg!"

Tim zog seine Hand zurück.

„Sie tut mir leid. Nun ist der neue Ehering mit dem eingearbeiteten alten Stein kurz vor der Hochzeit verschwunden. Was für ein Drama!", befand Oma.

„Ja, erst der Hund und dann die Ringe", pflichtete Tim bei.

Auf frischer Tat ertappt

„Aktion direkt“ stand nach dem Essen auf ihrem Plan. Frederick hatte sich an diesem Nachmittag an dem Schreibtisch seines Vaters, während dieser im Baumarkt unterwegs war, zu schaffen gemacht. Dabei hatte er den befestigten Klebestreifen mit dem Passwortzettel in einem kleinen Plastikbeutel gefunden. Er war unter der Schreibtischschublade befestigt worden. Tim wunderte sich mit ihm über die mangelnde Vorsicht des Oberkommissars, als Frederick davon berichtete. Damit, dass es so einfach war, hatte Tim nicht gerechnet. Danach gab es für Frederick kein Halten mehr und er hatte die Aktenordner auf dem Laptop durchstöbert. Er war wie im Rausch gewesen. Er kannte jetzt viele der Namen der Verdächtigen, die Adressen der Gesuchten und noch viel mehr. Tim verspürte ein starkes Kribbeln in seiner Magengegend. Auf was ließen sie sich da ein?

Aber nachdem Hansen angeschossen worden war, waren alle mit dem Plan einverstanden gewesen. Sie packten ihre

Siebensachen zusammen und machten sich, als die Erwachsenen schlafen gegangen waren, auf den Weg zur Scheune. Ihren Eltern hatten sie gesagt, dass sie den Sternenhimmel ansehen wollen. Tim hatte eine Sternenbilderapp. Frederick wollte sicherheitshalber diesmal zu Hause bleiben, damit sein Vater keinen Verdacht schöpfte. Narek trug dunkle Kleidung und hatte sich sein Gesicht geschwärzt.

„Hast du die Akkus?“, fragte Klara.

„Ja, vier Stück!“ Milla hob ihre kürzlich erstandene Drohne mit Kameraausstattung und einen Turnbeutel hoch. Sie erwartete sie vor dem Scheunentor.

„Kannst du denn überhaupt damit umgehen?“, erkundigte sich Narek skeptisch.

„Sicher besser als du!“, konterte Milla.

„Bitte nicht streiten!“, flehte Klara.

„Lasst uns keine Zeit verlieren! Auf zur Werkstatt!“, sagte Narek in einem kampflustigen Ton, den Tim für unangebracht hielt. Andererseits konnte Tim ihn verstehen. Es ging um die Familie. Tim hatte Narek heute in einem von den anderen unbemerkten Augenblick kurz weinen sehen. Das war wahrscheinlich die Anspannung der letzten Tage gewesen, die sich entlud.

Sie legten den Weg mit dem Rad zurück und drückten sich in die Büsche, die auf dem Grundstück hinter der Mauer wuchsen. Milla ließ die Drohne steigen und Tim verfolgte das Teil, wie es in den Nachthimmel aufstieg. Das Ding surrte leise. Sie hatten sich übers Gelände der Autowerkstatt verteilt und harrten in ihren Verstecken aus.

Tim überlegte gerade, ob er auf einen der Bäume steigen sollte, um eventuell von da aus etwas mehr sehen zu können, als eine kräftige Hand nach Tim griff. Tim wand sich, aber der Griff blieb fest. Er hatte keine Chance. Er war starr vor

Schreck. Es war zu dunkel, um etwas zu erkennen.

Wer war das? Er war verloren! Das war sein Ende, dachte er. Er gab seinen Widerstand auf. Was war er doch für ein Dummkopf! Wie hatte er annehmen können, dass sie sich unbehelligt den Typen nähern konnten? Sie hatten angenommen, dass sie weit genug entfernt sein würden, wenn sie eine Drohne fliegen ließen.

Wie ein Blitz durchfuhr es ihn. Was war mit den anderen? Er war schuld, dass es sicher auch das Ende der anderen bedeutete. Er hatte sie damit hineingezogen. Er fing an zu schwitzen. Er spürte, wie der Schweiß von seiner Stirn tropfte.

Ihm wurde sein Handy entrissen. Es wurde darauf herumgetreten. Es splitterte und war nun nicht mehr zu gebrauchen. Niemand konnte sie orten. Mist! Tim sehnte sich nach Hansen, der sonst manchmal ohne Vorankündigung einfach so bei ihnen auftauchte, um nach dem Rechten zu sehen.

Ein Auto fuhr vorbei und tauchte ihn und seinen Angreifer kurz ins Licht. Dabei bemerkte er die Schlange auf dem Unterarm. Es war Cristiano, der ihn mit nur einer Hand festhielt und ihn mit dem Rücken gegen den Baumstamm drückte. Tim öffnete die Augen ganz, die er vor Schreck und Anspannung die ganze Zeit nur halb geöffnet hielt. Er wusste, dass er in wasserblaue Augen blickte. Er kannte das Gesicht von Cristiano, das jetzt viel zu nah an seines herankam. Sein Atem roch nach Zigaretten.

„Habe ich dir nicht gesagt, dass du hier nicht herumlungern sollst? Habe ich oder habe ich nicht?“, donnerte Cristiano.

„Ja!“, presste Tim hervor.

„Ja, und warum hältst du dich nicht an das, was ich dir gesagt habe? Bist du vollkommen bescheuert, oder was?“

Tim zuckte mit den Schultern, so weit das überhaupt möglich war. Cristiano war stark. Zu stark für Tim, auch wenn Tim ein breites Kreuz durch sein regelmäßiges Schwimmtraining besaß.

„Ja, jetzt guckst du blöd. Sei froh, dass ich dich erwischt habe, sonst wäre es das für dich gewesen."

Tim hörte die Worte, verstand aber nicht deren Sinn. Wollte dieser Typ ihn denn jetzt nicht einen Kopf kürzer machen?

„Ich bringe dich jetzt aus der Gefahrenzone, bevor die anderen kommen", raunte Cristiano und schulterte Tim, als wäre er ein leichtes Paket, das nichts wog.

„Wo bringen Sie mich hin?", wagte Tim zu fragen. Er kam sich hilflos vor. So hilflos, wie noch nie in seinem Leben.

„Das wirst du schon noch sehen. Halt jetzt die Klappe!"

Im Laufschritt machte sich Cristiano auf den Weg und schien, sich beeilen zu wollen. Als er das Gelände verlassen hatte und eine Weile im Schatten der Häuser gelaufen war, verdrückte er sich mit Tim in eine dunkle Toreinfahrt. Er nahm Tim herunter und schaute sich hektisch um.

„Hier wartest du eine Weile! Und wenn du nichts mehr siehst und hörst, dann machst du dich auf den Weg nach Hause! Hast du mich verstanden?" Cristiano schüttelte Tim heftig und ließ dann von ihm ab.

„Hast du mich verstanden?", wiederholte er.

„Ja." Tim schaute auf seine Schuhe. Er konnte keinen klaren Gedanken fassen. Wollte der Typ ihn loswerden?

„Am besten gehst du in entgegen gesetzter Richtung und nimmst einen Nachtbus oder so etwas. Versprich mir, dass du da nie wieder auftauchst! Los!" Er durchbohrte Tim mit seinem Blick.

„Versprochen. Hochheiliges Ehrenwort!"

„Gut so. Du machst mir sonst nur Scherereien. Das kann ich nun wirklich nicht gebrauchen. Also, nochmal zum Mitschreiben: Komm mir ja nicht nochmal in die Quere, Junge! Sonst passiert was!"

Er stemmte die Hände in die Seiten und schaute sich noch einmal um. Cristiano gab Tim noch einen Puffer in die Seite und lief dann geduckt zurück. Er lief in die Richtung, aus der sie gekommen waren.

Tim musste sich setzen, sonst wäre er sicher umgekippt. Das alles war etwas zu viel für ihn. Er verstand die Welt nicht mehr. Hatte Cristiano ihn wirklich gerettet, wie er behauptete? Wieso tat es das?

Tim stolperte in seinem Zimmer über Turnschuhe, die er achtlos heute Morgen dort hingeworfen hatte. Seine Mutter räumte sonst immer hinter ihm her. War etwas mit ihr? Sollte er mal nachschauen, ob sie in ihrem Bett schlief? Was war, wenn er auch sie in Gefahr gebracht hatte? Sein Herz klopfte ihm bis zum Hals. Er tastete sich im Dunkeln vorwärts. Er traute sich nicht, das Licht anzumachen. Doch bevor er ihre Tür erreichen konnte, steckte sie schlaftrunken ihren Kopf durch die Tür.

„Ich habe dich gehört. Da bist du ja endlich! Ich habe mir schon Sorgen gemacht."

„Sorgen? Wieso Sorgen?" Tim versuchte, ein harmloses Gesicht zu machen.

„Du bist gut, kommst frühmorgens nach Hause und wunderst dich über mich." Sie nahm ihn in die Arme.

„Du wirst älter, ich weiß. Trotzdem mache ich mir weiter Sorgen um dich." Sie seufzte.

„Ich bin froh, dass du wieder da bist. Ihr wolltet doch in der Scheune übernachten! Aber ich wusste, dass da irgendetwas nicht dran gestimmt hat, das habe ich gleich an deiner Stimme gemerkt. Da habe ich Hansen angerufen."

„Du hast was?"

„Er hat seinen Jungen auch schon vermisst. Er ist nachsehen gegangen und war ganz außer sich, als ihr nicht da wart. Und dann hat er mit Sonnys Mutter und den anderen Eltern telefoniert." Sie strubbelte durch sein Haar. Es war im Nacken verschwitzt, vor lauter Angst und Anstrengung. Das kam, weil er die ganze Strecke über Umwege nach Hause gelaufen war, denn es war kein Bus gekommen. Sein Rad hatte er ja zurücklassen müssen.

„Was habt ihr euch dabei gedacht? Die ganze Nacht unterwegs zu sein. Aber jetzt seid ihr ja alle wieder da. Klara ist auch eben zurückgekommen. Papa ist euch suchen gegangen. Er ist noch nicht zurück. Ich sage ihm schnell Bescheid."

Er schaute sie an, wie sie so schmal vor ihm stand und eine Nachricht ins Handy tippte.

„Ja. Es ist alles in Ordnung." Das war zwar gelogen, aber auch nur halb. Wo steckte Frederick? Warum war er nicht, wie verabredet, in seinem Zimmer geblieben?

Nachdem, was alles passiert war oder viel mehr hätte passieren können, konnte er ihr unmöglich die ganze Wahrheit erzählen. Das war klar.

„Mach dir bitte keine Sorgen mehr! Jetzt bin ich auch wirklich vernünftig." Er hielt ihrem prüfenden Blick stand.

„Ja, da wäre ich wirklich froh drüber." Sie lächelte.

„Dann geh' jetzt schlafen! Du kannst ja kaum aus den Augen gucken. Das ist ja nicht mitanzusehen. Du schläfst fast schon im Stehen ein."

„Ist gut, Mama." Tim schloss seine Zimmertür und dachte daran, was den anderen wohl geschehen war. Waren sie alle den Typen entkommen?

Cristiano hatte ihn jedenfalls gerettet. Warum hatte er das getan? Hatte er selbst eine Rechnung mit den Tätern offen?

Oder wollte er nur keine Gewalt anwenden und ungestört seinen verbotenen Geschäften nachgehen?

Klara und die anderen hatten mitbekommen, dass Tim auf Cristiano getroffen war und hatten rechtzeitig Reißaus genommen. Alle waren wohlauf und mehr als froh, dass ihnen nichts passiert war. Die Drohne war nicht wirklich zum Filmeinsatz gekommen und sie waren sich nun endgültig einig, rein gar nichts mehr in Sachen Ermittlungen unternehmen zu wollen. Natürlich nicht!

Die Hochzeit rückte immer näher und Tordis wurde immer nervöser. Sie war blass und aß kaum noch etwas. Onkel Paul und Oma machten sich langsam Sorgen. Und auch die anderen nahmen ihre Veränderung zum Anlass, sich um sie kümmern zu wollen. Tim versuchte, ihr weiterhin zu helfen, indem er sich um Artemis kümmerte. Er und die Hündin waren mittlerweile schon dicke Freunde. Artemis sprang an ihm hoch, wenn er kam und sie hatte manchmal sogar schon die Leine im Maul, damit er sie ihr umlegte. Auch hörte sie besonders gut, wenn Tim etwas zu ihr sagte. Artemis schien Tim als ein „Rudelmitglied“ anzuerkennen. Tim freute sich sehr darüber.

Inzwischen kam er jeden Tag über die Trasse gefahren und nutzte die täglich zurückgelegten Radwege auch noch obendrein zum Training für das Rennen. Er hatte an Kondition gewonnen. Er wollte die Gelegenheit für ein Training nicht ungenutzt verstreichen lassen, aber vor allem mied er es, zu viel zu Hause zu sein. Sein Vater redete nicht mehr mit ihm. Er war zum ersten Mal so richtig sauer, denn er hatte erfahren, dass er die Idee zu der misslungenen Drohnen-Aktion gehabt hatte.

Tim spurtete auch an diesem Tag die Stufen hoch und klingelte bei Blum/Siebke-Holzapfel. Niemand öffnete. Er benutzte den Schlüssel und leinte Artemis an und nahm sie mit nach draußen.

Ganz in Gedanken vertieft lenkte er, ohne es zu merken, seine Schritte zum Restaurant. Er erschrak darüber und wollte schon wieder umkehren, als Artemis wie eine Besessene eine unsichtbare Fährte aufnahm und dann keinen Zentimeter mehr von einem ihm unbekannten Wagen wich. Tim versuchte, auf sie einzureden, aber sie bewegte sich nicht dort weg. Sie war aufgeregt und ihr kurzes Bellen ganz dunkel. So hatte er sie noch nicht gesehen. Er riss an ihrer Leine und versuchte, sie mit Kraft von dort wegzuziehen.

„Was willst du mir denn sagen? Hat dich der Autobesitzer des Wagens verschleppt? Ist es das? Oder was ist mit dem Auto? Was riechst du denn?" Tim rief Frederick an. Er hatte sich seit der Nacht-und-Nebel-Aktion nicht bei ihm gemeldet. Sein Handy war entgegen seiner Befürchtungen doch noch funktionstüchtig, mit neuem Display.

„Artemis riecht etwas! Ich bekomme sie hier nicht mehr weg. Was soll ich machen?"

„Da ist was im Wagen. Das ist sonnenklar! Sie war ja nicht umsonst ein Zollhund."

„Ach, ich weiß nicht. Meinst du wirklich? Und wenn sie einfach nur irgendetwas riecht und nichts Verbotenes? Dann rufen wir deinen Vater völlig umsonst."

„Besser einmal zu viel als einmal zu wenig. Das sagt mein Vater immer selber. Seit er weiß, dass ich während eurer Drohnen-Aktion im Haus gewesen bin und nur kurz nochmal im Bad war, ist er ausgeglichener. Also, ich sage ihm Bescheid."

Tim war froh, dass Frederick nicht nachtragend war. Denn sein Freund hatte seinetwegen sicher einige Scherereien mit seinem Vater gehabt. Tim hatte sich deshalb vorher nicht getraut, bei ihm anzurufen. Doch das war ein Notfall. Wofür hatte man denn seine Freunde?

Hansen und seine Kollegen fanden erst einmal nichts. Sie glaubten aber, in dem Verhalten des ehemaligen Zollhundes eine Spur zu erkennen. Und so ließen sie den beschlagnahmten Wagen Stück für Stück auseinandernehmen und in einem Labor der Zollbehörde untersuchen. Tim und Artemis schickten sie wieder nach Hause. Am nächsten Tag las Tim in der Zeitung:

Geheimversteck in einem 007-Auto

Von Rudolf Schmelzer

Barmen. *Ein ausgemusterter Spürhund hatte angezeigt, dass sich in einem Wagen Drogen befinden mussten. Die aber waren zunächst nicht auffindbar. Obwohl der auf Drogen spezialisierte ehemalige Zollhund eindeutig Alarm geschlagen hatte, brachten erst Autospezialisten den Erfolg: Unter dem hydraulisch hochzufahrenden Beifahrersitz wurden kiloweise Rauschmittel sichergestellt.*

Autos mit ausgeklügelten Geheimfächern und -funktionen, das kennt man eigentlich nur aus James Bond-Agentenfilmen. Drogenfahnder aus vier Ländern waren einem Drogenring auf der Spur, der dabei war, einen europaweiten Vertrieb aufzubauen.

Der Durchbruch bei den Wuppertaler Ermittlungen schien klar, als die Beamten den Wagen entdeckten, der offensichtlich für Drogen-Transporte benutzt wurde. Ein Drogenspürhund jedenfalls gab unmissverständliche Signale, als er das Auto vor seine superempfindliche Nase bekam. Die Experten nahmen das Auto eingehend unter die Lupe und konnten aber dessen verbotene Fracht nicht finden. Dann brachten sie das Auto in ein Zoll-Technik-Labor. Dort verfolgten die

Fachleute die Verkabelung und konnten das Geheimnis lösen. Um das Versteck unter dem Sitz zu öffnen, musste man nacheinander den Motor starten, die Heckscheibenheizung einschalten, die Abdeckung des Kosmetikspiegels zur Seite schieben und einen Magnetschalter in den Zigarettenanzünder stecken.

In dem ausgeklügelten Versteck fanden sie Pakete, die wie Schokoladentafeln aussahen. Aber es waren tatsächlich die gesuchten Drogen, in portionsfertige Einheiten gepresst.

Wolf-Tilman Bongarts von der Staatsanwaltschaft: „Das war eine Sternstunde für uns, wie ein Jackpot-Gewinn im Lotto. Wir konnten zwei Personen verhaften, unter anderem den Fahrzeughalter und haben Wuppertal damit als künftigen Drogenumschlagplatz der Bande verhindert."

Zur Erleichterung aller war unter den Gangstern weder Luigi noch Cristiano. Die Hochzeitsfeier konnte wie geplant stattfinden. Tordis ging es schon viel besser. Sie hatte nur zu wenig Wasser getrunken.

Wie Tim von Frederick erfuhr, arbeitete Cristiano als verdeckter Ermittler bei der Zollbehörde. Er ermittelte gemeinsam mit der Polizei gegen die Drogenmafia. Sein richtiger Name lautete Matteo Scuderi. Deshalb hatte er Tim gerettet. Er war es auch, der Hansen Artemis geschenkt hatte und weshalb er ganz sicher gewesen war, dass Artemis' Spürnase etwas herausgefunden hatte.

Tim schaute sich die Verdächtigenliste in seinem Zimmer noch einmal an. Dann strich er den ersten und dritten Namen. Auch der siebte Punkt entfiel, weil der Mann mit dem Schlangentattoo wahrscheinlich Matteo Scuderi gewesen war.

~~**1. LUIGI**~~
~~– BESITZT DAS RESTAURANT~~
2. STEFANO
– ARBEITET ALS MUSIKER UND AUTOMECHANIKER
~~**3. CRISTIANO**~~
~~– ARBEITET ALS AUTOMECHANIKER~~
4. MANN MIT IGELHAARSCHNITT
– NOCH KEINE IDEE,
5. GRAUHAARIGER MIT BRILLE
– NOCH KEINE IDEE
6. UNBEKANNTER
– NOCH KEINE IDEE
~~**7. DROGENHÄNDLER AUS DEM RADIOBERICHT**~~
~~– EINER HATTE EIN SCHLANGENTATTOO WIE CRISTIANO~~

Der Igelhaarschnitt und der Grauhaarige mit der Brille steckten mit Stefano unter einer Decke. Es war nicht sicher, ob sie wirklich zur Mafia gehörten. Dazu schwiegen sie beharrlich.

In jedem Fall waren sie gefährlich. Hansen hatte sie festgenommen und sie hatten sich bei den getrennten Verhören auf dem Polizeirevier gegenseitig beschuldigt. Die Polizeibeamten fanden eine versteckte Tür hinter Autoreifen in einer Halle der Autowerkstatt. Dahinter blühte eine große Drogenplantage. Die Schmuggler gaben alles zu. Von der Hundesentführung, dem Diebstahl der Ringe und von dem Überfall auf den Taxifahrer wollten sie allerdings nichts wissen.

Luigi und der Werkstattbesitzer Ronaldo waren zwar mit Stefano verwandt, aber sie hatten nichts mit den Drogen zu tun. Nur Stefano befand sich als letzter des Gaunertrios noch auf freiem Fuß. Die Fahndung nach ihm lief. Hansen hatte die Suche veranlasst. Vermutlich hatte er sich ins Ausland abgesetzt.

Aber auch Stefano hatte größere Füße als es die Spuren des Verdächtigen im Garten vermuten ließen. Gab es also noch jemanden, den sie nicht kannten und der dort sein Unwesen trieb? Oder gab es eine einfache Erklärung für alles? Aber wenn es diesen jemand wirklich gab, wer war er und was waren seine Beweggründe? Tim betrachtete die Gipsabdrücke, die auf seinem Schreibtisch lagen. Das Profil hatte viele Rillen. Er strich darüber und war auf einmal entsetzlich müde.

Er würde sich ausruhen müssen, wenn er noch irgendetwas herausfinden wollte. Und dabei war auch leider absolut hinderlich, dass seine Familie neuerdings neue Anforderungen an ihn stellte. Sein Vater war ziemlich verstimmt gewesen, weil er Klara und Tim nachts hatte suchen müssen, und verlangte auf einmal viel mehr Mitarbeit im Haushalt. Er orientierte sich da mit Sicherheit an den Methoden von Hansen und erhoffte sich davon, seine Kinder so besser unter Kontrolle zu bekommen. Sein Vater war offensichtlich überzeugt, dass er dann sofort mitbekam, wenn Tim und seine Schwester sich mit den anderen treffen wollten. Er hatte ihnen sogar für einige Tage ihre Handys weggenommen. Und das, obwohl Tim ein neues Handy bekommen hatte.

„Es wird doch hoffentlich möglich sein, wenigstens bis zur Hochzeit nichts mehr anzustellen! Die paar Wochen werdet ihr auf niemandes Nerven mehr herumtrampeln. Ist das klar?“, verlangte er von Tim und auch von Klara. Er hatte ihnen eine ordentliche Standpauke gehalten. Er dachte wahrscheinlich, dass bis dahin die Polizei längst alles aufgeklärt hätte und sich für die Kinder neue Aktionen erledigt haben würden.

Außerdem wollte Oma, dass sich alle Verwandten an den Ausflügen mit Inga quer durch Wuppertal beteiligten. Die nächste Zeit würde deswegen sicher auch noch anstrengend werden. Ein Nickerchen war jetzt also genau das Richtige, dachte Tim und ließ sich erschöpft auf sein Bett fallen.

Inga und Oma saßen fast eine Woche später, wie zwei junge Mädchen kichernd, in der Wuppertaler Schwebebahn, die schaukelnd an den Schienen hing. Tim beobachtete sie, wie sie leise miteinander sprachen. Sie überlegten, was sie Tordis borgen konnten. Denn Oma, abergläubisch wie sie war, war überzeugt, dass Tordis am Hochzeitstag etwas Neues, etwas Geliehenes, etwas Altes und etwas Blaues tragen musste. Das sollte angeblich Glück bringen.

„Und Glück braucht man immer!“, sagte Oma zu Inga, die vielsagend nickte. Dann zeigte Inga aus dem Fenster des Wuppertaler Wahrzeichens. Die Bahn schwebte los. So wie an jedem Tag ratterte sie auch an diesem Sonntag über die Wupper.

Alle Johanns und auch Tordis, Malin und Onkel Paul fuhren schon die zweite Runde durchs Tal, weil es den beiden so gut gefiel. Die ganze Strecke, von Vohwinkel bis Oberbarmen. Nun wollten sie am oberen Ende der Barmer Fußgängerzone, in unmittelbarer Nähe zum Schwebebahnhof Werther Brücke, das Schwebebahnmuseum ansehen. Dort konnte man eine Zeitreise in die 1920er Jahre erleben. Man konnte in einem der ersten Wagen, die hergestellt worden waren, Platz nehmen, hatte Tim gehört. Dazu wurde eine mit dem Computer vernetzte Brille aufgesetzt. Laut Prospekt konnten die Besucher dann per Virtual Reality-Brille die damalige Aussicht aus der Schwebebahn in den 1920er Jahren in 3D bewundern.

Auf dem Weg ins Schwebebahnmuseum stand Tim als einziger seiner Familie in der Bahn. Es war voll, aber die anderen hatten noch einen Sitzplatz bekommen. Die Leute standen dicht gedrängt und sprangen erleichtert aus der Bahn, wenn sie an einem der Bahnhöfe hielt und sich die Türen öffneten.

Tim ließ den Blick schweifen. Dann stockte er. Er sah auf einmal den Exfreund von Tordis. Er hielt sich mit der Hand fest, die nur noch vier Fingerkuppen besaß. Der Typ schaute zufällig in seine Richtung. Ihre Blicke trafen sich, aber Sascha Werlekamp schaute weg. Er hatte ihn, Tordis und die anderen entweder nicht gesehen und war in Gedanken oder seit der Hochzeitseinladung war ihm endgültig bewusst geworden, dass er seine ehemalige Freundin nicht mehr zurückbekam. Tim hatte immer den Verdacht gehabt, dass er noch immer etwas von Tordis wollte. Jetzt hatte er sich das wohl abgeschminkt. An der übernächsten Station stieg er aus.

Sie selbst stiegen an der Werther Brücke aus. In dem Museum standen sie an der Kasse an, bevor sie den ersten Raum betraten, in dem ein Projektionsfilm über die Entwicklung der Mobilität lief. Die animierte Illumination erzählte über den Erfindergeist des 19. Jahrhunderts. Durch die Elektrifizierung wurden nicht nur in dem Tal der Wupper neue Verkehrsmittel mit Schienen gebaut. In London entstand eine U-Bahn, in Berlin eine Straßenbahn und New York eine Hochbahn. Aber durch die dichte Bebauung brauchte das besonders enge Tal eine besondere Lösung. Auch aufgrund des felsigen Untergrunds war der Bau einer U-Bahn in Wuppertal nicht möglich gewesen.

Die Wuppertaler entschieden sich für die Erfindung des Kölner Zuckerfabrikanten, Ingenieurs und Erfinders Carl Eugen Langen: die Schwebebahn. Das war eine Einschienenbahn, die an einem seegrünen Stahltragegerüst hing. Deren Züge sollten im 5-Minuten-Takt fahren und an 20 Haltestellen halten. Der Bau startete 1898 und dauerte nur drei Jahre. Im zweiten Raum sah Tim viele Ausstellungsstücke. Als er Zeichnungen sah, kam ihm eine Idee. Vielleicht konnten sie ein Phantombild mit Hilfe von Nareks Vater anfertigen. War das die Lösung? Sonny konnte sehr gut zeichnen. Dann wussten sie vielleicht endlich, wie der Täter aussah, der Nareks Vater angegriffen hatte. Er war auf einmal euphorisch. Tim flanierte mit anderen Besuchern durch den Raum und schaute sich Originalteile und Modelle an.

„Ach, da ist ja das gute Stück! Lediglich drei weitere Exemplare der Baureihe 1900 sind erhalten geblieben. Sie wurden als Kaiserwagen bezeichnet, weil Kaiser Wilhelm der Zweite im Jahr 1900 damit gefahren ist. Wusstest du das?“, fragte Tordis, als sie in den dritten Raum kamen.

Tims Vater setzte sich als Erster in die alte Originalbahn hinein. Tim nahm ebenfalls auf einer der darin eingebauten Holzbänke Platz und setzte sich eine Brille auf. Die Fahrt ging los und tatsächlich sah er jetzt, dass sich die Schwebebahn bewegte und an Straßen mit alten Gebäuden vorbeifuhr. Durch die Brille wurde er in die Vergangenheit versetzt. Er sah, wie Oldtimer über die Straßen knatterten und eine Dampflok neben der Schwebebahn herfuhr.

„Die Augen habe ich schon mal gesehen“, sagte Tim am übernächsten Tag nachdenklich. Er war mit Sonny eben nochmal bei Narek gewesen. Im Gegensatz zu den anderen, hatte dessen Vater nicht geglaubt, dass er letztens die Nacht nicht da gewesen war. Ihn hatten sie nicht erreicht und ihm erst später Bescheid gegeben. Er sagte, er vertraue seinem Sohn. Und damit war die Sache für ihn erledigt.

Er hatte immer leise „la“ für nein gemurmelt, wenn etwas nicht stimmte, und „nem“ für ja, wenn etwas an der Zeichnung gelungen war. Das war syrisch, hatte Narek erklärt.

„Dann denk nach!“, forderte Sonny. Sie hatte die Zeichnung in Tims Händen angefertigt.

„Ich weiß es nicht.“

„Aber ich habe alles so gezeichnet, wie Nareks Vater es beschreiben hat“, sagte sie mit Enttäuschung in der Stimme.

„Das glaube ich dir ja. Wenn wir ihn sehen, wissen wir, dass er es ist. Dafür hast du die Zeichnung ja gemacht.“ Sie starrten darauf. Der Mann hatte große Augen und ein spitz zulaufendes Gesicht und hatte etwas Mausartiges an sich. Die Haare lagen eng am Kopf. Irgendwie kam Tim der Mann bekannt vor, aber er kam nicht drauf. Und wenn er ihn wirklich kannte, warum hatte er dann Arthur Amadouni angegriffen? Gab es noch einen anderen Mafioso, den er im Restaurant oder in der Werkstatt übersehen hatte? Er erinnerte sich die ganze Zeit nicht daran, wo er den Mann schon einmal gesehen hatte. Die Tage vergingen wie im Flug und die Schule forderte Tims ganze Aufmerksamkeit. Die Lehrer ließen eine Klassenarbeit nach der anderen schreiben. Auch das Training für das Radrennen nahm viel Zeit in Anspruch. Tim wurde immer besser, obwohl es immer noch so heiß war. Er besuchte weiterhin Onkel Paul und Tordis in regelmäßigen Abständen, auch um mit Artemis Gassi zu gehen. Aber er kam nicht dahinter. In seinem Kopf arbeitete es. Wer war das?

Vor der Nase weggeschnappt

Dann kam mit einem Mal der Tag der Mittsommernacht, der Hochzeitstag. Seine Mutter hatte ihm einen Anzug gekauft und Klara ein hellgrünes Kleid mit dünnen Trägern und weißen Ballerinas. Seine neuen schwarzen Schuhe drückten etwas, aber er zog sie gerade in diesem Augenblick ohne Murren an, denn es sollte gleich losgehen. Erst zum Rathaus und dann in die Kirche. Er war gespannt, ob und was noch schiefgehen würde, weil Onkel Paul und Tordis immer noch gestresst wirkten.

Die Hochzeit von Tordis und Onkel Paul wurde entgegen aller Befürchtungen sehr schön. Sein Onkel verhaspelte sich nicht und gab Tordis sein Jawort mit klarer Stimme. Und auch Tordis gab ihm ihres. Mit den Modeschmuckringen besiegelten sie ihr Versprechen, denn die wertvollen Goldringe waren nicht mehr aufgetaucht. Sie steckten sich diese an ihre Ringfinger und vor der Kirche warf Tordis ihren Brautstrauß in die Menge der Unverheirateten. Inga fing ihn auf. Mit dem mit Blumen geschmückten Wagen fuhr das Paar danach zum Restaurant und alle anderen folgten.

Auch wenn Tim die Rede gut gefiel, am besten gefiel ihm der Moment, als die Musiker die von Oma gewünschten schwedischen Volkslieder spielten. Dabei hielten sie sich alle an den Händen und tanzten im Kreis um die Maibaumstange im Hof des Restaurants. Auch die war noch unter großen Mühen herbeigeschafft worden, wie Onkel Paul nicht müde wurde zu betonen.

Dazu sang Oma Helga die Lieder mit. Und alle ahmten sie nach, wenn sie die Texte pantomimisch darstellte. Die Lieder handelten von Bäckern und schönen Mädchen, vom Wäsche aufhängen und von Fröschen und sowieso alle von der Liebe. Also kneteten sie nicht vorhandenen Teig in der Luft, drehten sich rasend schnell im Kreis, hingen unsichtbare Wäsche auf oder hopsten hintereinander her wie Frösche. Zwischendurch klatschen sie in die Hände. Ein Fotograf hielt alles mit seiner Kamera fest und sagte immer wieder „danke“, wenn er ein Foto gemacht hatte und die Gäste, die nicht mittanzten, für ihn posiert hatten. Adamek Mazur, der Vater von Tordis, zog die Mutter von Tordis, von der er geschieden war, fürs Foto an sich.

„Lass das doch! Was soll Magda von uns denken?“, wehrte Annegret Siepke-Holzapfel ab. Sie verstanden sich wohl mittlerweile wieder ganz gut, hatte Tordis erzählt. Adamek und seine neue Frau Magda hatten Töchterchen Daniela mitgebracht, die kleine Stiefschwester von Tordis, und Tim hatte die vier zuvor an einem Tisch lachen gesehen.

Das Lied von den Fröschen war ein schwedisches Lied mit dazugehörigem Tanz, das hauptsächlich mit der Feier zum Mittsommerabend und mit dem traditionellen Tanz um die Maistange verknüpft war. Der Tanz wurde abwechselnd springend und in der Hocke ausgeführt. Dabei wackelten alle bei den Textstellen, in denen die fehlenden Ohren besungen wurden, mit den Händen neben den Ohren.

„Små grodorna, små grodorna
Die kleinen Frösche, die kleinen Frösche
är lustiga att se.
sind lustig anzusehen.
Ej öron, ej öron,
Keine Ohren, keine Ohren,
ej svansar hava de!
keine Schwänze haben sie!
Ko-ack-ack-a, ko-ack-ack-a,
Ko-ack-ack-ack-ack-a“

Tims Vater übersetzte die Liedzeilen. Er machte wie Hansen eine Pause vom Tanzen. Auch Hansen war erschöpft. Seine Schulter war immer noch nicht ganz in Ordnung.

Es wurde eine außergewöhnliche Mischung aus Folkloretanz und Partystimmung, aus Event und Familientreffen. Tim fand es einfach wunderbar. Die Erwachsenen spielten die kleinen Theatereinlagen wilder, als jedes Kind auf einem Kindergeburtstag. Onkel Oskar war nicht mehr zu bändigen und wirbelte herum wie ein alter Brummkreisel, obwohl er nur Wasser trank. Wer nach dem Tanzen in Ruhe an den langen Tafeln essen wollte, wurde von ihm mehrmals abrupt aus dem Genuss und auf die Tanzfläche gerissen.

Unterbrochen von dem Ausruf „Helan går“, was so viel wie „alles geht“ bedeutete. Oma brüllte es mehrmals. Mit jedem neuen Lied rief sie die nächste Trinkrunde aus. Alle machten begeistert mit, sogar Onkel Paul, der sich erst dagegen sträubte. Er hatte untypisch rote Wangen und glich der schlafenden Malin in ihrem Tragekorb. Nur bei den Spielen setzte er aus und murmelte etwas von Kraft tanken.

„Ich muss Kraft tanken für die nächste Tanzrunde und für die lange Nacht, die noch bevorsteht. Wir müssen ja später noch alles aufräumen", wehrte er ab.

Beim Tauziehen war Tims Vater einer der besten, direkt hinter Arthur Amadouni. Sie wurden von ihren Frauen und Kindern und den restlichen Gästen angefeuert. Sonny war etwas betrübt, dass ihr Vater schon wieder abgereist war und nicht zur Hochzeit hatte bleiben können. Er musste sich um seinen Betrieb kümmern.

Tims Vater hatte schon einen Schuh verloren. Aber das schien ihn nicht im Geringsten zu stören. Egal, dann zog er eben auf Socken weiter am Seil, schien er zu denken. Pekka grinste, als Tims Vater „nochmal" rief und den Sieg eines anderen nicht akzeptieren wollte. Tim freute sich, sie alle so ausgelassen zu sehen. Er spürte eine tiefe Zufriedenheit, die sich gleichmäßig in ihm ausbreitete.

Je später der Abend wurde, umso schiefer saßen die Blumenkränze. Auch der von Tordis. Sie hatte sich gegen Perlen, Krönchen und so weiter entschieden. Ihr Kleid war schlicht und stand ihr viel besser als die pompösen Teile, die er vorher an ihr gesehen hatte. Sie hatte ein Dauergrinsen aufgelegt und man sah ihr das Glück an. Sie wünschte sich gerade, dass die Musik lauter aufgedreht wurde. Danach variierte Tordis die Spielregeln. Nun sollten die Frauen am Seil ziehen.

„Nein, das Tanzen ist schon so anstrengend auf den Absätzen!", jammerte Oma.

Nach leichten Protesten und zögerlichen Einwänden, die Tordis mit einer Handbewegung wegwischte, wurden die langen Kleider von allen Damen hoch gerafft, weil sie ja dafür eigentlich viel zu unpraktisch waren.

„Zieh doch fester! Du ziehst ja gar nicht", schimpfte Tante

Annette mit Tante Mathilda, die einen Lachkrampf bekam.

Dann war die Jugend dran. Narek war zur Überraschung aller der Stärkste. Frederick klopfte ihm auf die Schulter.

„Wo nimmst du bloß die Kraft her?“, fragte er mit Anerkennung in der Stimme.

Es fühlte sich an, als würden sie schon eine ganze Woche feiern. Helan går, alles geht. Und tatsächlich fühlte es sich selbst jetzt zu dieser späten Uhrzeit so an, als ginge noch alles und noch viel mehr, dachte Tim. Er tanzte mit Sonny, mit Milla und mit Klara. Er tanzte alleine. Dann tanzte er wieder mit Sonny. Er tanzte so viel, wie in seinem ganzen Leben nicht. Er konnte so viel tanzen, wie er wollte, ganz ohne eingetragene Tanzkarte.

Als Tim und Sonny sich gerade auf der Tanzfläche wild im Kreis drehten, geschah es. Alles geschah, so kam es Tim vor, wie in Zeitlupe.

„Er ist der Mann, den wir suchen!“, schrie Frederick.

„Ich erkenne ihn wieder! Das ist der Mann auf dem Phantombild“, rief er immer wieder. Alle drehten sich zu ihm um. Tim erkannte in dem Mann, auf den Frederick zeigte, Sascha Werlekamp, der zu dem Fest nachgekommen war. Angeblich hatte er vorher einen beruflichen Termin in einer anderen Stadt gehabt. Er war Vertriebler und war für seine Firma unterwegs gewesen. Er verkaufte deutschlandweit die Netze für Autos oder Flugzeuge, die hinten an den Sitzen befestigt wurden.

Es war der Mann, nur dass das Phantombild den Flaumbart nicht gezeigt hatte. Amadouni hatte den sicher vergessen zu beschreiben, weil er nicht so auffällig war. Deshalb war Tim nicht sofort auf Werlekamp gekommen. Tim sah, wie Werlekamp in Zeitlupe verlangsamt ein Salatblatt von seiner Gabel aß. Er glich einer Galapagos-Schildkröte, mit seinem langen Hals. Neben ihm saßen Oma, Inga und Tims Mutter, die Malin auf dem Arm hielt.

„Du hast recht. Das ist der Mann, der mich angegriffen hat! Jetzt erkenne ich ihn auch“, bestätigte Arthur Amadouni.

Werlekamp starrte mit aufgerissenen grüngrauen Augen erschrocken in die Runde.

Er sprang auf, stürmte in Richtung Tanzfläche und rannte dabei Oma um. Sie kippte mit dem Stuhl. Dann stürzte er sich mit einem Satz auf Tordis und riss sie zu Boden.

„Sie gehört mir! Und ich nehme sie jetzt mit“, brüllte er und versuchte, sie zu packen. Tordis wehrte sich nach einer Schrecksekunde aus Leibeskräften. Artemis kam angeschossen und zerrte Werlekamp am Hosenbein. Sie knurrte. Hansen und Onkel Paul setzten sich zeitgleich in Bewegung und kamen Tordis zu Hilfe.

„Willst du sie wohl loslassen!“, schrie Onkel Paul und versuchte, ihn von Tordis wegzubekommen.

„Halt dein Maul! Du hast sie mir vor der Nase weggeschnappt“, presste Werlekamp zwischen wutverzerrten Lippen hervor.

Tims Onkel gelang es, Tordis Exfreund in den Schwitzkasten zu nehmen, und übergab ihn Hansen, der den zappelnden Mann mit ihm zusammen zu dessen Wagen abführte.

Onkel Oskar half Tordis auf. Sie strich ihr Kleid glatt und tätschelte Artemis.

„Das hast du gut gemacht. Du hast gut aufgepasst.“

„Und ich habe ihr nicht geglaubt, als sie den Halunken bei seiner Ankunft angekläfft hat und habe sie noch dafür ermahnt, nicht die Gäste anzubellen“, sagte Onkel Oskar.

„Das hätte ich auch nicht gedacht, dass Sascha zu so etwas fähig ist. Das hätte ich ihm nicht zugetraut“, murmelte sie.

Tim dachte an den entlaufenden Stefano. Auch wenn Hansen ihn noch nicht festnehmen konnte, Werlekamp war jetzt immerhin dingfest gemacht. Er konnte vorerst keinen Schaden mehr anrichten. Tim überzeugte sich mit Frederick davon, dass Hansen Werlekamp die Handschellen, die dieser im Handschuhfach seines Wagens aufbewahrte, anlegte und ihn in den Wagen verfrachtete. Onkel Paul half ihm dabei, denn Hansen war ja noch mit seinem Arm etwas gehandicapt. Er fuhr Werlekamp mit Onkel Paul am Steuer auf die Polizeiwache.

„Warum er das wohl gemacht hat?“, grübelte Frederick.

„Was für ein unangenehmer Zeitgenosse! Was Tordis früher an ihm gefunden hat? Ob er sich erst mit der Zeit so verändert hat oder er erst jetzt sein wahres Gesicht gezeigt hat?“ Tim starrte den Rücklichtern nach, die immer kleiner wurden.

Die Feier war noch weitergegangen, nachdem Oma mit dem Krankenwagen abgeholt worden war, aber die Luft war durch den Vorfall raus. Der DJ, ein ehemaliger Mitstudent von Jakob, legte wieder Musik auf. Onkel Paul, der nach einer Weile wiederkam, tanzte noch einmal mit Tordis. Die Gäste applaudierten. Der Tanzkurs war nicht umsonst gewesen.

Tordis und Onkel Paul schnitten die Torte an. Bald gingen die ersten Gäste und das Fest löste sich allmählich auf. Einige nahmen den Rest der Mandeltorte mit nach Hause. Luigi packte jedem, der etwas davon haben wollte, Portionen auf Papptabletts ein. Tim sah ihm dabei zu. Luigi sah entspannt aus und ihm war nicht anzumerken, dass er wusste, dass sein Neffe Stefano ein Gauner und auf der Flucht war. Was er darüber wohl dachte? Oder wusste er doch etwas und versteckte ihn womöglich?

„Was bedeutet Stalking?“, fragte Klara. Tim und sie saßen bei den Hansens in der Küche beim Abendbrot. Fredericks Mutter schnitt frisch gebackenes Brot ab. Auf dem Tisch standen Teller mit Aufschnitt und Spreewalder Gürkchen. Ihre Eltern waren zu Oma ins Krankenhaus gefahren, wo sie gestern eingeliefert worden war, und hatten sie bei Hansens abgesetzt. Tim hatten sie glutenfreies Brot mitgegeben.

„Das Wort Stalking kommt aus der Jägersprache und heißt sich anschleichen. Stalking ist ein krankhaft narzisstisches Verhalten”, erklärte Hansen zwischen zwei Bissen seines Leberwurstbrotes.

„Es gibt unter Stalking-Tätern verschiedene Typen, wie den verstoßenen Partner. Das ist Typ 1. Er besucht unangemeldet die Expartnerin, arrangiert zufällige Zusammentreffen mit der Ex und leugnet, dass die ehemalige Beziehung beendet ist. Auch bezieht er Freunde und Familienmitglieder mit ein. Er versucht, durch sie an die Person seines Verlangens wieder heranzukommen oder durch sie die Person zu seinen Gunsten zu beeinflussen.“ Hansen nahm einen großen Schluck Tee aus seiner Tasse.

„Er will damit seine Exfreundin wiederbekommen oder, wenn das nicht klappt, ist er eben von Wut getrieben und will sich für ihre Zurückweisung durch die endgültige Trennung rächen. Ich sage Exfreundin, denn in den allermeisten Fällen sind es männliche Stalker. Dafür sammelt dieser Informationen zur neuen Beziehung und möchte diese behindern oder ganz verhindern. Werlekamp war ja der vollen Überzeugung, dass Paul ihm Tordis vor der Nase weggeschnappt hat. Dabei war die Beziehung ja schon vorher beendet“, führte Hansen aus.

„Zu Typ 1 zählt somit der Exfreund von Tordis. Er wollte also die Hochzeitsvorbereitungen stören“, kombinierte Tim.

„Ja, er ist so einer.“ Hansen hustete, er hatte sich verschluckt und nahm noch einen Schluck Tee.

„Und was gibt es für andere Typen?“, fragte Frederick.

„Es gibt den unermüdlichen Bewerber, der eine Beziehung erzwingen will. Typ 2 ist ein verliebter Stalker. Er ist der am wenigsten gefährliche, da es ihm um den Aufbau einer Beziehung geht. Der Stalker will seinem Opfer nicht schaden. Allerdings gibt es darunter auch die extremste Form. Das ist Typ 3. Der wahnhaft fixierte Stalker hat die Überzeugung, zwischen ihm und der verfolgten Person bestünde schon eine Beziehung. Dieser Täter befindet sich im Liebeswahn. Das können zum Beispiel Leute sein, die eine bekannte Persönlichkeit bis ins Hotel verfolgen oder deren Familie bedrohen. Sie leben in ihrer Fantasie.“

„Ach, deswegen schützen bekannte Leute auch ihr Privatleben“, stellte Klara fest.

„Genau! Alle Arten von Tätern wollen den Abbruch des Kontaktes zur verfolgten Person verhindern oder auch den Beginn einer Beziehung erzwingen. Der schlimmste Stalker, also der gefährlichste, ist Typ 4. Der Stalker will immer mehr Kontrolle über sein Opfer gewinnen, das er nur flüchtig kennt, und betrachtet es regelrecht als Jagdobjekt.“ Dann bestrich sich Hansen eine neue Brotscheibe mit Butter und belegte es mit einer Käsescheibe.

„Und woran genau kann man einen Stalking-Täter frühzeitig erkennen?“, fragte Tim.

„Ihr könnt einem ja Löcher in den Bauch fragen. Der Täter drängt sich auf, er lauert auf, verschickt unerwünschte Nachrichten, so etwas. Derjenige trägt sich in sozialen Foren ein, um der Person seines Verlangens in seiner Fantasie nahe zu sein. Er versucht, im Netz durch Dritte Informationen über die Person zu bekommen, indem er sie über sie aushorcht.

Entscheidend ist aber, dass nicht einzelnes Verhalten bereits den Tatbestand des Stalkings erfüllt, sondern erst die permanente Wiederholung und auch die Kombination der Verhaltensweisen über einen längeren Zeitraum hinweg."

„Und warum machen solche Leute so etwas?", mischte sich Fredericks Mutter ein.

„Tja, schwer zu sagen. Er denkt, ihm steht der Kontakt zu oder die Person ist sein Besitz. Es ist jemand, der die ganze Kontrolle will. Überwachung, Vereinnahmung und Bevormundung sind für ihn Mittel, um sein brüchiges Selbstwertgefühl zu bestätigen. Zurückweisung erlebt er als etwas sehr Negatives und Schmerzhaftes. Er manipuliert andere und schämt sich dann für sein Verhalten. Er überlegt, was die Person gerade tut und, wie er sie kontrollieren kann, und hat Angst, dass ihm die Person entgleitet", erklärte Hansen.

„Kann man denn etwas dagegen tun?", fragte Frederick und baute sich dabei einen Käse-Brot-Salami-Brot-Turm.

„Sag mal, musst du so übertreiben? Eine normale Stulle reicht doch!" Fredericks Mutter schüttelte den Kopf.

„Den Kontakt meiden. Wenn das nicht hilft, gibt es eine einstweilige Anordnung beim Amtsgericht. Dort kann beschlossen werden, dass sich der Stalker nicht mehr auf eine bestimmte Entfernung nähern und keinen Kontakt aufnehmen darf. Stalking ist als Tatbestand der Nachstellung strafbar. Für leichte Formen des Stalkings sieht der Paragraf 238 im Strafgesetzbuch eine Freiheitsstrafe von bis zu drei Jahren vor."

„Wird Werlekamp für drei Jahre eingesperrt?", fragte Klara.

„In unserem Fall kommen noch Hausfriedensbruch und der Diebstahl der Ringe und des Hundes dazu. Außerdem Bedrohung und Körperverletzung von Amadouni, der ja in den Blick des Täters geraten ist, weil er dessen Zielperson mit dem Taxi befördert hat und freundschaftlichen Umgang mit ihr gepflegt hat. Das hat wahrscheinlich die übersteigerte Eifersucht ausgelöst." Hansen stand auf. Er reagierte auf den sprudelnden Wasserkocher und füllte das kochende Wasser in die Teekanne mit den Pfefferminzblättern nach.

Hätte Tordis mal lieber ein paar ordentliche Hecken im Garten gehabt, durch die wäre Werlekamp nicht so einfach gekommen, überlegte Tim.

„Hat er das denn alles schon zugegeben, Papa?", bohrte Frederick nach.

„Nun ist es aber genug, mit der Fragerei! Ich habe auch mal Feierabend! Aber ich bin natürlich mehr als froh, dass du die Beobachtungsgabe von mir geerbt hast, Frederick! Und, dass ihr das Bild überhaupt angefertigt habt. Wer weiß, was sonst noch nach der Feier passiert wäre. Womöglich eine Entführung der Braut." Hansen schnalzte dabei mit der Zunge.

„Wieso hat er die nur von dir geerbt?", protestierte Fredericks Mutter lachend. Hansen grinste breit.

„Es ist viel zu warm für noch einen Tee!", jammerte Klara.

„Aber heute Abend hat es doch wirklich etwas abgekühlt und Pfefferminze kühlt doch eher als dass sie wärmt", konterte Fredericks Mutter.

„Wir haben einen Überraschungsgast für euch eingeladen", sagte sie dann ganz verschmitzt.

„Wieso, weiß ich da nichts von?", empörte sich Frederick.

„Rick, warte es ab!" Nur sie nannte ihn so. Sie setzte eine geheimnisvolle Miene auf und schaute auf die Küchenuhr. Es schellte an der Tür und sie stand auf, um zu öffnen.

„Pünktlich auf die Minute!", sagte Hansen.

„Tag zusammen!" Im Türrahmen stand Matteo. Es war der Zollbeamte, den sie als Cristiano kennengelernt hatten. Matteo trug ein hellblaues Hemd und sah heute ganz anders aus. Er lächelte sie an.

„Ich wollte mich doch noch bei euch bedanken, dass ihr uns so tatkräftig unterstützen wolltet, auch wenn das viel zu gefährlich war. Aber die Aktion, als Artemis das Drogenauto gefunden hat, die war einsame Spitze!"

„Das war auch ein bisschen Glück. Und ich muss mich doch eigentlich bei Ihnen bedanken", wehrte Tim ab.

„Ihr könnt mich ruhig duzen. Glück muss man in unserem Beruf übrigens neben einem guten Näschen auch haben", lachte er dröhnend. Er krempelte seine Ärmel hoch und zum Vorschein kamen der tätowierte Drache und die Schlange. Er ging in den Flur und kam mit einem kleinen Karton wieder.

„Das sind Cuttermesser, eins für jeden von euch. Sie sind ungeheuer praktisch, aber seid vorsichtig damit!"

„Danke. Wofür braucht man die?", fragte Klara.

„Ich brauche so eines tagtäglich, wenn ich nicht gerade verdeckt als Cristiano ermittle. Ich öffne damit in Folien eingewickelte Koffer oder von Flugpassagieren mitgebrachte Kartons. Immer wieder spannend, was da zum Vorschein kommt." Er lachte dröhnend, als wäre seine Arbeit ein einziger Spaß.

„Was haltet ihr davon, wenn ich euch alle zu einem Tag am Düsseldorfer Flughafen einlade und euch unsere Zollstelle zeige. Die Messer müsst ihr allerdings zuhause lassen. Das ist ja klar!"

„Echt? Das ist ja toll! Dürfen wir denn?", fragte Frederick seinen Vater.

„Ja, ich bin ausnahmsweise einverstanden! Ich freue mich ja auch darüber, dass du, Frederick, mich sofort verständigt hast, als Tim das Auto gefunden hat. Und ihr nicht selbst etwas unternommen habt und euch in Gefahr gebracht habt.

Ihr seid ja scheinbar doch noch lernfähig", brummte Hansen.

„Und wir haben dir ja auch die Fußabdrücke der Spuren aus dem Garten von Tordis abgeliefert", erinnerte Frederick.

„Stimmt! Das war wirklich hilfreich. Werlekamp war deshalb auf der Wache in der Tat geständig und hat zugegeben, dass er immer überall vor Ort war und dann zuerst den Hund und danach die Ringe gestohlen hat, um Streit zwischen den Brautleuten zu stiften. Zum Glück hat er es nicht geschafft. Denn damit wollte er die geplante Hochzeit verhindern."

„Wie hat er das denn gemacht, dass er überall sein konnte?", wunderte sich Klara.

„Er hat sich bei seinem Arbeitgeber krankgemeldet und Tordis beobachtet und ist ihr gefolgt, wenn sie unterwegs war. Deshalb konnte er auch im Hinterhof des Restaurants den entlaufenen Hund anbinden. Dass sich Artemis direkt anfangs losreißen würde, war nicht geplant, aber erfüllte für ihn seinen Zweck."

„Ach, deshalb konnte der Restaurantbesitzer den Hund nicht finden!", sagte Klara.

„Ja. Und die Ringe lagen in der Nähe des zum Garten geöffneten Fensters und er hat sie ohne Zögern mitgehen lassen. Amadouni gegenüber ist er aus Eifersucht ausgerastet. Dass er irgendwohin fahren wollte, war nur ein Vorwand gewesen. Zufällig nannte er den Düsseldorfer Flughafen." Hansen rieb sich die Hände nach dieser Ausführung.

„Matteo, möchtest du Tee?", fragte Fredericks Mutter.

Matteo schüttelte den Kopf.

„Und die Ringe? Was passiert damit?", wollte Tim wissen.

„Die haben wir in der Tat nach einer Durchsuchung bei ihm in der Wohnung gefunden und Paul und Tordis wiedergegeben", sagte Hansen und ging zum Kühlschrank.

„Matteo, was hältst du stattdessen von einem eisgekühlten

Bier?“ Hansen übersah den Blick seiner Frau und nahm zwei Flaschen heraus.

Tim, Klara und Frederick durften am nächsten Samstag mit zum Flughafen. Auch Sonny, Narek und Milla kamen mit. Onkel Paul bot an, sie zu fahren. Sie passten alle in seinen Bus. Matteos Schicht begann um sechs Uhr früh und Tim fiel es schwer, aus den Federn zu kommen.

Sie wurden von Matteo am Eingang abgeholt und begleiteten ihn zur Waffenkammer, denn er trug eine echte Schusswaffe und eine schusssichere Weste in dunkelblau, auf der Zoll stand.

„Zum Glück musste ich die Waffe noch nie benutzen. Gleich haltet ihr euch am besten im Hintergrund, wenn wir mit den Passagieren sprechen“, erklärte Matteo.

Matteo Scuderi und sein Kollege Winnie Kohlhaus stellten sich an zwei Durchgängen auf. Diese Durchgänge waren für Passagiere, die mit ihrem Gepäck aus einem Nicht-EU-Land, also einem Land, das nicht in dem europäischen Handelsabkommen war, ankamen. Dazu gehörten zum Beispiel Russland, Amerika oder China, erklärte Matteo. Der Durchgang mit dem grünen Bodenaufkleber war für jene bestimmt, die nichts zu verzollen hatten, und der mit dem roten Aufkleber war für diejenigen, die Zoll anmelden wollten.

„Wir kontrollieren stichprobenartig die Koffer. Zum Beispiel, wenn Flughafengäste sich verdächtig benehmen oder sie besonders viel oder besonders wenig Gepäck dabei haben, sie aber trotzdem den grünen Durchgang wählen. Dann winken wir sie heraus. Sie müssen zuerst ihre Koffer auf den Röntgen-Scanner legen. Hier, seht ihr?“, erklärte Matteo leise.

Währenddessen kontrollierte Winnie auf dem Bildschirm

den gescannten Kofferinhalt.

„Alles, was auf dem Monitor orange ist, ist Kleidung oder Essen. Das orangefarbene Zeug auf dem Bildschirm ist also organisches Material. Die türkis angezeigten Gegenstände sind aus Plastik, die dunkelblauen aus Metall und die schwarzen aus Gold", flüsterte Matteo. Er und sein Kollege trugen beide Handschuhe aus Plastik.

Eine Gruppe aus Vietnam hatte ihr Gepäck voller Essen gepackt und musste es dalassen. Es wurde aus den Koffern in rote Boxen umgeladen und fest verschlossen.

„Das beschlagnahmen wir wegen des Seuchenschutzgesetzes und wird später verbrannt. Käse, Fleisch und Gemüse sind verboten. Da können sich aufgrund der fehlenden Kühlung Bakterien entwickeln", erläuterte Matteo.

„Außerdem sind Jagdsouvenirs und Waffen nicht erlaubt. Wer mehr als 10.000 Euro einführen will und mehr als eine Stange Zigaretten mitbringt, muss das jeweils anmelden", ergänzte er.

Tim und die anderen beobachteten, wie Winnie jemanden ertappte, der sechs Stangen Zigaretten dabeihatte. Er wurde ins Büro zitiert und dessen Geldbündel wurden ebenfalls unter die Lupe genommen und die Scheine akribisch gezählt.

„Was passiert mit ihm?", fragte Klara.

„Er muss für die Zigaretten, die er nicht angegeben hat, die Steuern nachbezahlen und bekommt auch noch ein Bußgeld. Auch muss er erklären, woher das Geld stammt, wenn es eine zu große Summe ist und er es nicht angemeldet hat. In dem Fall behalten wir das Geld ein und es wird ein Gerichtsverfahren gegen ihn eröffnet", sagte Matteo.

„So soll verhindert werden, dass zu viel illegales Bargeld ins Land kommt", fügte er hinzu.

„Und was gibt es noch für verbotene Sachen, die jemand

versucht, über die Landesgrenze zu schmuggeln?", fragte Sonny mit hochgezogenen Augenbrauen.

„Medikamente sind nur für den Eigenbedarf. In rauen Mengen ist das Mitführen nicht erlaubt", gab Matteo Auskunft.

„Worauf sollte man denn achten, was ist besonders verdächtig?", wollte Frederick wissen.

„Ihr werdet es nicht glauben, aber verpackte Geschenke!" Matteo lachte sein dröhnendes Lachen.

„Wie viele Fluggäste gibt es denn hier im Jahr, Matteo?", erkundigte sich jetzt Narek.

„Rund 20 Millionen."

„Das ist aber eine Menge!", staunte Narek. Er stand neben Tim und versuchte, etwas auf dem Monitor zu erkennen.

Tim sah einen Mann, der ungeduldig auf sein Gepäck wartete. Er nestelte an seiner Jacke. Es ging ihm offensichtlich zu langsam. Hinter ihm stand ein Mann, dessen Hände er kannte. Er schaute überrascht hoch und blickte in das Gesicht von Stefano. Er schien ihn nicht zu erkennen. Der elegante Mann war es eindeutig.

Er hatte sich zwar seinen Dreitagebart abrasiert und trug eine Brille, wie damals bei der Begutachtung des Autokratzers, aber Tim war sich ganz sicher, dass er es war. Stefano fühlte sich offensichtlich sicher und sah gelassen durch ihn hindurch. Tim bekam keine Luft mehr. Er schluckte seinen Hustenreiz mühsam herunter. Was sollte er jetzt tun? Der Typ wurde doch gesucht! War er womöglich bewaffnet? Tim starrte ihn viel zu auffällig an. Aber er schaffte es nicht, den Blick abzuwenden.

Plötzlich erwiderte Stefano den Blick und ruhte für einen Augenblick auf Tims Gesicht. Erkannte er ihn jetzt doch? Stefano formte drei Finger zu einer Waffe und zog sie hoch, als wolle er auf Tim schießen. Und pustete dabei die nicht vorhandene Rauchspur aus. Tim erschrak heftig und biss sich aus Versehen dabei schmerzhaft auf die Lippe, aber Stefano lachte und ging langsam weiter. Sein Gepäck war jedenfalls in Ordnung und niemand hatte etwas mitbekommen.

„Matteo!“, krächzte Tim, als Stefano sich schon ein Stück entfernt hatte.

„Was ist?“

„Ich habe den Mann aus der Werkstatt wiedererkannt“, wisperte Tim in Matteos Ohr.

Meeresfels in der Brandung

„Was, wo? Du meinst Stefano? Zeig mir den Mann!“

Matteo schaute sich um und gab Winnie ein Zeichen.

„Matteo, es ist der Mann dort hinten. Der, mit dem silbernen Hartschalenkoffer!“, rief Tim mit erstickter Stimme. Er konnte nicht lauter sprechen.

„Ist gut, ich habe ihn gesehen. Ganz ruhig!“ Matteo winkte seinem Kollegen ungeduldig, er solle sich beeilen.

„Winnie, der da hinten! Wir brauchen Verstärkung.“

Matteo eilte hinter Stefano her, dicht gefolgt von Winnie, der zuvor in sein Funkgerät gesprochen hatte. Mittlerweile waren sowohl Stefano als auch die Zollbeamten erst im Durchgang und dann im Gedränge einer großen Menschenmenge verschwunden.

„Das ist verrückt, dass er ausgerechnet heute hier ankommt. Er muss unter falschem Namen reisen, wenn die Beamten nach ihm unter seinem richtigen Namen suchen. Was für ein dreister Hund! Er kommt und geht und niemand merkt es“, rief Milla völlig aufgelöst und viel lauter als sonst.

„Ja, eine Wahnsinnssache! Und wenn er meinen Vater angeschossen haben sollte, hat er nach so vielen Tagen keine Schmauchspuren mehr an seinen Händen. Jetzt kann man ihm den Schuss auf diese Weise nicht mehr nachweisen", sagte Frederick etwas niedergeschlagen.

„Aber vielleicht finden sie ja die Waffe trotzdem noch, wenn er sie irgendwo in Barmen versteckt hat. Die Kugel haben sie ja gefunden und wissen so, was es für ein dazugehöriger Waffentyp sein müsste. Die Munition kann doch einer passenden Waffe zugeordnet werden, stimmt doch, oder?", überlegte Milla und wollte Frederick bestimmt damit trösten.

Tim hatte Angst, dass Stefano wieder entwischt war. Die Zöllner kamen nicht wieder. Auch ihre herbei gefunkte Ablöse war noch nicht da. So standen er und seine Freunde an dem Scanner herum und die Passagiere strömten durch den grünen Durchgang, ohne dass ihre Koffer kontrolliert wurden.

„Was machen wir denn jetzt?", fragte Frederick. Sie standen dort inmitten der Menschenmenge.

„Ich rufe meinen Vater an, er soll uns abholen!", beantwortete Frederick seine Frage selbst.

Tim stand noch irgendwie unter Schock. Er sah immer noch die Geste mit der angedeuteten Schussbewegung. Das lief ihm nach. Dabei hatte Stefano im Grunde gar nichts gemacht und es war noch nicht einmal klar, ob er Tim erkannt hatte. Doch die Begebenheit hatte Tims Fantasie in Gang gesetzt und damit auch sein Gedankenkarussell. Er fühlte sich angreifbar, ja sogar verwundbar. Selbst wenn sie erwachsen gewesen wären, hätten sie nichts ausrichten können. Tim war tief in Gedanken versunken und trottete hinter den anderen her, zum Ausgang. Dort hatte sich Frederick eben mit seinem Vater verabredet. Tim setzte, wie in Trance, einen Fuß vor den anderen und stellte sich jetzt mit den anderen auf die Rolltreppe.

„Ist das nicht unser Mann?“, tippte Klara ihn von der Seite an und nickte zur anderen Rolltreppe hinüber. Tim erstarrte. Es war Stefano, nur in anderer Kleidung. Er musste sich umgezogen haben. Tim fühlte einen Kloß im Hals. Ehe er seine Schwester daran hindern konnte, hatte sie Frederick Bescheid gesagt. Tim hörte, wie Frederick mit seinem Vater telefonierte.

„Ja, Papa, wir sind uns ganz sicher. Er ist hier“, sagte er.

Er und die anderen machten Anstalten, umzukehren.

„Was soll das? Das lassen wir schön bleiben!“ Tim packte Fredericks Arm.

„Wir müssen doch wissen, wo er hin will“, verteidigte sich Frederick in heftigem Tonfall.

„Ich glaube, Tim hat recht“, sprang ihm Sonny zur Seite.

„Wir wissen nicht, ob er nicht doch bewaffnet ist oder noch Komplizen trifft. Wir müssen vorsichtig sein“, bekräftigte Narek. Er hatte ein ängstliches Blitzen in den Augen.

„Wenn ihr Angst habt, dann bleibt hier. Frederick und ich werden dem Typen mit viel Abstand folgen“, gab Milla zurück. Frederick und sie nickten sich zu und machten sich dann in eiligem Tempo davon.

„Das darf doch nicht wahr sein! Die macht mich noch wahnsinnig“, stöhnte Narek. Ihm war anzusehen, dass er überlegte, den beiden hinterherzustürmen. Aber er ließ es. Er stand ruhig da und konzentrierte sich auf seinen Atem.

Tim rief nochmal Hansen an und auch Matteo. Er wollte die beiden über den Stand der Dinge informieren. Beide waren außer sich vor Sorge, als sie hörten, dass Milla und

Frederick die Verfolgung aufgenommen hatten.

„Ich glaube, wir brauchen jetzt Nervennahrung!“, bestimmte Sonny und hakte sich bei Klara unter. Sie peilten einen Kiosk an, der in seinen Auslagen Schokoriegel und andere Süßigkeiten anbot. Narek und Tim folgten ihnen.

„Vier von denen, bitte“, bestellte Sonny. Sie verteilte die Schokolade. Tim schaute reflexartig auf die Zutatenliste, die auf der Verpackung abgedruckt war. Zum Glück war kein Gluten darin verarbeitet worden. Er wickelte den Riegel aus dem Papier und biss hinein. Der Schokoladengeschmack füllte ihn für den Moment komplett aus. Er war richtig froh über Sonnys Vorschlag. Tim war sich sicher, sie hatten sich richtig entschieden, sich nicht in Gefahr zu begeben. Er hatte Angst um seine Freunde. Milla war zu impulsiv, dachte er. Sie war in manchen Situationen nur schwer zu stoppen.

Nun gingen sie endgültig zum Ausgang, wie sie mit Hansen verabredet hatten. Vor den Glastüren blieben sie stehen. Hansen wollte sie dort abholen. Sie spähten in alle Richtungen. Taxis kamen, spuckten Fahrgäste aus und fuhren wieder mit neuen Gästen ab. Die Leute zogen ihr meist schweres Gepäck hinter sich her und versuchten, einen Gepäckwagen zu organisieren. Sie eilten aufgeregt weiter und ihr Stimmengewirr schwoll zeitweise an. Tim fand es richtig laut.

In dem Getöse, das die Menschen mit ihrem Gewusel verursachten, klingelte Tims Telefon.

„Hier ist Hansen. Wir haben ihn geschnappt. Und Frederick und Milla geht es gut“, fasste er sofort die wichtigsten Punkte zusammen. Tim durchflutete eine Welle der Erleichterung.

„Gott sei Dank! Wir stehen wie verabredet am Ausgang“, murmelte Tim und er spürte ein Kribbeln auf seinen Wangen. Etwas Tränenflüssigkeit drängte sich in seine Augen, aber er konnte sie zurückhalten. Er war unendlich froh, dass nichts Schlimmes passiert war. Tim fing an, hysterisch zu lachen. Er konnte das nicht kontrollieren. Das Lachen bahnte sich heiser seinen Weg.

„Was ist? Nun sag schon!", fragte Klara ihn ungeduldig, denn sie hatte seine Antwort wegen des Lärms um sie herum nicht hören können.

„Den beiden geht es gut. Stefano haben sie gefasst", wiederholte Tim, was er vor wenigen Minuten gehört hatte.

„Das ist ja fantastisch!", jubelte Klara und hüpfte mit Sonny euphorisch im Kreis. Narek klopfte ihm etwas zu fest auf die Schulter und boxte ihn in die Seite.

„Mensch!", sagte er nur. Es war ihm anzusehen, dass er sich ebenfalls Sorgen gemacht hatte und nun gar nicht wusste, wie er seine aufgestauten Gefühle in Worten ausdrücken sollte.

Es kam nach der Verhaftung zu einer Gegenüberstellung. Stefano war den Beamten direkt in die Arme gelaufen, nachdem die Kinder ihnen den Tipp gegeben hatten, dass er sich in der Nähe der Rolltreppen befinden musste. Die Gegenüberstellung lief folgendermaßen ab: Knepper, der bei dem damaligen Einsatz, bei dem Hansen angeschossen worden war, dabei gewesen war, wurde als Zeuge ins Polizeipräsidium gebeten. Er musste hinter einer Scheibe, die nur von der Seite der Zeugen einsehbar war, den Verdächtigen zwischen anderen Verdächtigen eindeutig identifizieren. Dazu mussten sich die Männer in einer Reihe aufstellen, nacheinander vortreten und ein Schild mit einer Nummer hochhalten.

Unter ihnen waren nicht nur Stefano, sondern auch der Bebrillte und der Igelhaarschnitt. Knepper erkannte Stefano mit der Nummer vier eindeutig als den Mann, der auf Hansen geschossen hatte.

Daraufhin durchsuchten die Polizeibeamten mit einem beantragten Durchsuchungsbeschluss Stefanos Wohnung. Aber von der Waffe fehlte weiterhin jede Spur. Auch die Schmauchspuren, die Täter noch nach dem Schuss im Normalfall an ihren Händen haben, waren an Stefanos feingliedrigen Händen nicht mehr nachzuweisen. Der Angriff auf Hansen lag schon zu lange zurück oder er hatte sowieso Handschuhe getragen.

„Wir kommen nicht weiter!“, beklagte sich Frederick.

Sie saßen an diesem Freitag hinter der Scheune von Bauer Pralle und die anderen waren den ausführlichen Ausführungen von Frederick gebannt gefolgt. Es war fast eine Woche her, dass sie am Flughafen gewesen waren und Hansen wollte von einem neuen Termin mit Matteo, an dem sie den Rest der Tour nachholten, nichts mehr wissen.

„Schluss! So eine Besichtigungstour ist zu gefährlich, wie wir gesehen haben“, hatte er gesagt. Dabei hatte er wohlweislich vergessen, dass es die Detektive waren, die Stefano zweimal erkannt hatten und die Polizei und die Zollbehörde erst auf die verlorene Spur gebracht hatten. Aber es war nichts mehr zu machen, Hansen und die anderen Eltern waren sich in dem Punkt einig gewesen und nicht mehr umzustimmen.

Aber vielleicht hatte er ja auch recht, denn wer sagte ihnen, dass es nicht noch weitere Komplizen gab und diese die Waffe hatten?, überlegte Tim. Wo hatte Stefano die Waffe versteckt oder hatte er sie einfach irgendwo weggeworfen?

„Und wenn man die Waffe nicht findet, wird er dann wieder freigelassen?“, wollte Klara wissen.

„Ich glaube nicht, er wird ja von seinen Komplizen beschuldigt, damit sie sich selbst entlasten können. Und er wurde von dem Polizeibeamten Knepper eindeutig erkannt. Aber es wäre sicher einfacher, wenn man die Waffe fände“, mutmaßte Frederick und wich instinktiv einem Apfel aus, der sich geräuschvoll löste und durchs Geäst krachte.

Die Äpfel hingen dick und reif an den Ästen und ab und zu donnerte einer herunter. Einer kullerte direkt vor Nareks Nase.

„Es wird Zeit, dass Bauer Pralle die Dinger erntet. Ist verdammt gefährlich, unter dem Baum zu sitzen“, stellte Narek fest. Er schnappte sich den heruntergefallenen Apfel, putzte ihn mit dem Ärmel und biss geräuschvoll hinein. Narek lag auf der Seite und stützte mit dem einen Ellenbogen den Kopf ab.

„Hey, schmatz mir nicht ins Ohr!“, beschwerte sich Milla und warf ihn um, indem sie ihm den Ellenbogen wegzog.

„He, was soll das? Ich habe nicht geschmatzt!“

„Wie die Kindergartenkinder!“, kommentierte Frederick und zwinkerte Klara zu, die mit den Augen rollte.

„Treffen wir uns morgen im Freibad?“, fragte Sonny.

„Das ist eine gute Idee! Was anderes kann man bei dem Wetter sowieso nicht machen“, stimmte Tim zu. Er dachte mit Unbehagen an das Rennen, das bei solch hohen Temperaturen sicher keinen rechten Spaß machen würde.

Inga reiste ab und verabschiedete sich von Oma, die nach vierzehn Tagen noch eine Hand und ein Bein in Gips trug. Die beiden Frauen standen vor dem Haus der Johanns und umarmten sich zum vierten Mal.

Neben sich hatte Inga ihren Koffer abgestellt. „Wie hatte sie es nur geschafft, daraus so lange leben zu können?“, fragte sich Tim, als er sie beobachtete. Inga hatte zu Tims Verwunderung immer wieder neue Oberteile aus dem Lederkoffer gezaubert. So wie ein Zauberer die Kaninchen aus dem Hut.

Inga schien ein Packwunder zu sein. Sicher, sie hatte auch ab und zu das ein oder andere Teil gewaschen. Trotzdem, es war ganz und gar erstaunlich, fand Tim. Auch, dass sie noch so lange geblieben war. Aber alle hatten sich mittlerweile an sie gewöhnt und so war es klar gewesen, dass sie noch mindestens bis zur Hochzeit bleiben würde.

Er stand mit Klara und den Eltern am Eingang und hielt sich, wie die anderen, zurück. Oma war den Tränen nahe. So kannte Tim sie gar nicht. Oma Helga konnte sonst so leicht nichts erschüttern. Das sagte sie auch gerne selbst über sich. Aber heute war sie neben der Spur. Das war ihr anzusehen. Klara tippte auf ihrem Handy. Volker Johann sah ständig auf die Uhr.

„Mutter, du kannst dich doch auch noch auf dem Bahnsteig verabschieden. Wenn wir nicht bald loskommen, verpasst Inga den Zug!“, mischte er sich jetzt ungehalten ein. Dann preschte er vor und trug den Koffer zum Auto, das vor der Garage parkte. Er öffnete den Kofferraum und hievte das sperrige Ungetüm hinein.

„So, seid ihr soweit?“, fragte er.

„Inga, es war uns eine Freude!“, sagte Mama und umarmte nun ihrerseits Omas Freundin, die sich ganz gerührt zeigte.

„Danke für alles! Es war sehr aufregend bei euch!“, antwortete Inga und umarmte auch Tim und Klara.

Dann setzten sich die beiden älteren Frauen nach hinten und Papa fuhr los. Sie winkten dem Auto und gingen wieder ins Haus.

„Auch wenn es sehr eng war, irgendwie fand ich es auch schön, dass sie hier war. Durch sie war Oma viel weniger streitlustig als sonst und auch viel unterwegs“, stellte Klara grinsend fest. Tim nickte nachdenklich.

„Wir werden sie noch vermissen!“, prophezeite seine

Schwester. Sie schloss ihre Zimmertür und auch Tim ging in sein Zimmer.

Es war ein schöner Abend und die Sonne schien durchs Fenster. Er setzte sich auf sein Bett und nahm sich vor, das Sherlock Holmes-Buch weiterzulesen, das er von Tordis ausgeliehen hatte.

Holmes hatte Chemie studiert und hörte gerne klassische Musik, spielte selbst Geige und rauchte Pfeife. Er wurde als überdurchschnittlich intelligent beschrieben, aber auch als zuweilen mürrisch und zurückgezogen lebend. Tim überlegte, ob er einen solchen Mann sympathisch fand. Holmes war über einsachtzig groß und hager. Sein Gesicht hatte angeblich etwas von einem Raubvogel. Der berühmte Londoner Detektiv trug gerne einen Umhangmantel und eine Jagdmütze mit Ohrenklappen, wenn er unterwegs war.

Aber war die ebenfalls englische Kunstfigur Miss Marple, die Agatha Christie in ihren Büchern erfunden hatte, sympathischer? Auch sie mochte Umhänge, war blasshäutig und unverheiratet. Wahrscheinlich mussten Detektive ein wenig schrullig und verschroben sein.

Tim träumte von einer Detektivkarriere. Aber besonders schrullig fand er sich nicht. Die einzigen Gemeinsamkeiten, die ihn mit den Figuren verbanden, waren seine Beobachtungsgabe, seine Liebe zur Musik und Büchern und seine Freunde, die ihm zur Seite standen, wenn es hart auf hart kam.

Auch Miss Marple hatte immer Mister Stringer, einen Bibliothekar, an ihrer Seite, wenn es brenzlig wurde. Dem Romancharakter der Detektivfigur Holmes wurde sein Freund und Helfer Dr. Watson, zur Seite gestellt. Eine intensive Freundschaft war da in den Geschichten beschrieben, die in einem vorigen Jahrhundert spielten.

Wie ein Fels in der Brandung sollte ein guter Freund sein, er sollte einem zur Seite stehen, fand Tim. So wie seine Oma mit Mädchennamen vor ihrer Hochzeit geheißen hatte: ein Sjöberg eben. Er hatte gleich mehrere davon.

Einen Tag später starrte Tim auf einen solchen Felsen im Meer. Er bestand aus dunklem Vulkangestein. Allerdings sah er diesen nur am Bildschirm des Rechners seines Onkels. Er sichtete an dem Sonntag mit Onkel Paul Urlaubsangebote im Internet. Es hatte mal zur Abwechslung geregnet und es wehte eine angenehme Brise durchs geöffnete Fenster herein. Nur deshalb hatte Tim sich dazu bereit erklärt, seinem Onkel bei der Buchung der Hochzeitsreise zu helfen. Bei Sonnenschein wären ihm sicher 1000 andere Sachen lieber gewesen.

„Der Hochzeitstag ist ja angeblich einer der schönsten im Leben. Aber danach stehen die hoffentlich noch tolleren Flitterwochen an. Denn wie lassen sich sonst der ganze Organisationsstress und die vielen Emotionen besser verarbeiten als an einem der schönsten Orte der Welt, was meint ihr?“, hatte Onkel Paul bei den Hansens in die Runde gefragt.

Tordis hatte allerdings Prospekte von klassischen Hochzeitsreise-Zielen wie Mauritius, Malediven, Las Vegas, Südafrika oder Bali besorgt und für alle sichtbar auf dem Tisch ausgebreitet und Onkel Paul hatte diese mit auffallend sinkender Laune durchgeblättert. Für ihn war der schönste Ort der Welt offensichtlich nicht dort zu finden. Er hatte sich sichtlich nicht dazu hinreißen lassen können, eine der weiten und vor allem teuren Reisen zu buchen.

Deshalb einigten sie sich am Ende, wie Tim nun von Onkel Paul erfuhr, auf zwei Wochen Santorini, die griechische Inselgruppe im Ägäischen Meer mit den weißen Häusern mit blauen Dächern und den schwarzen Stränden. Sie waren nicht ganz so weit weg und trotzdem versprachen sie schöne Strandbuchten und tiefblaues Meer. Außerdem waren dort Kulturausflüge, die sich Tordis immer im Urlaub wünschte, möglich. Auch wenn Onkel Paul eher an romantische Abende mit Tordis dachte, wenn die kleine Malin schlief und keine wahnsinnig große Lust auf Touren zu alten Gemäuern bei größter Hitze verspürte, wie er Tim verriet.

„Ich habe mir von Fredericks Mutter sagen lassen, dass es immerhin den Meltemi gibt. Der Wind macht die Inseln in den Sommermonaten wohl einigermaßen erträglich. Noch lieber wäre ich natürlich in den kälteren und günstigeren Monaten hingefahren. Aber Tordis hat dagegen protestiert“, erzählte Onkel Paul seufzend. Tim nickte und gab Juli unter Termine ein. Nach kurzer Zeit verkleinerte sich die Anzahl der angebotenen Hotels sichtlich. Tim wunderte sowieso, dass es so kurzfristig überhaupt noch Angebote gab, sagte aber nichts.

„Dann sind es ja gar keine Flitterwochen mehr! Diese sind üblicherweise direkt nach der Hochzeit. Also bitte! Das hat sie gesagt“, gab sein Onkel den Einwand von Tordis wörtlich wieder und starrte missmutig vor sich hin.

Da Onkel Paul ein selbst erklärter und damit ausgesprochener Technikfeind war und sich weigerte, zu viel im Netz unterwegs zu sein, saß er mit Tim vor dem Rechner. Er gab ihm jetzt Anweisungen fürs Buchen oder sagte ihm vielmehr, was er auf gar keinen Fall buchen wollte.

„Ich will nichts in den Orten Fira oder Oia buchen, da diese Orte vermutlich regelmäßig überlaufen sind. Ich habe gelesen, dass Kreuzfahrtschiffe sie mit ihren Ausflugsgruppen regelrecht überschwemmen. Kamari liegt zu nah am Flughafen und ist sicher zu laut. Und Perissa hat keine Strandpromenade, sondern nur eine Strandstraße“, erklärte er. Er zeigte auf von ihm unterstrichene Stellen aus anderen Prospekten, die Tordis nach der Einigung auf Santorin mitgebracht hatte.

„Was ist denn hiermit?“, fragte Tim. Er zeigte auf ein Hotel in einem Ort, der zwischen den beiden Orten Fira und Oia lag und in dem es angeblich erheblich ruhiger zugehen sollte.

„Okay“, grummelte Onkel Paul ergeben. Denn viel war nach der getroffenen Auswahl nicht mehr da, das Tim buchen konnte. Er scrollte mit der Maus die Seite herunter.

„Oh guck mal, dort gibt es einen riesigen Vulkanstein, der über Stufen zu erreichen ist. Die Internetseite verspricht einen herrlichen Blick von diesem Felsen auf andere Dörfer und Inseln“, las sein Onkel vor.

„Außerdem werden die dortigen Restaurants und Bars von Urlaubern als erschwinglich beschrieben, wo doch das Hotel pro Nacht schon so teuer ist“, ergänzte er.

In einem bei seinem Onkel selten gekannten Anfall von Begeisterung musste Tim auch noch einen Ausflug zu den schwefelhaltigen heißen Quellen in Palia Kameni und zu der mittelalterlichen Burg in Pyrgos buchen. Tim buchte alles, was sein Onkel wollte, und druckte dann die Flugtickets und die Hotelbuchung aus. Mit zufriedener Miene tackerte Onkel Paul die ausgedruckten Blätter zusammen.

Vor der Hochzeitsreise fand aber noch ein weiteres Event statt: das Feuerwerk. Für ein Feuerwerk, das jenseits von Silvester und Neujahr abgeschossen werden sollte, brauchte man auch in Wuppertal eine Genehmigung. Gleichzeitig war zu bedenken, dass sich der geplante Untergrund für das Feuerwerk tatsächlich eignete. Dabei kam Elektronik zum Einsatz, damit die Effekte präzise zündeten und das Sicherheitsrisiko minimiert wurde. Insbesondere die Präzision spielte bei einem Feuerwerk, das musikalisch begleitet wurde, eine wichtige Rolle.

All das hatte Onkel Paul den anderen berichtet und allen eingeschärft ja nichts an Tordis zu verraten, denn sonst wäre ja die schöne Überraschung dahin gewesen. Er hatte Tim den Geschenkgutschein gezeigt. Darauf stand:

Am Abend des 50. Geburtstags erleben Sie ein herausragendes Ereignis der besonderen Art. Freuen Sie sich auf eine romantische Feuerwerks-Darbietung am Beyenburger Stausee. Am Ufer erleben Sie einmalige Ausblicke auf ein rauschendes Feuerwerk, das mit einem traumhaften Abschluss seinen Höhepunkt findet. Das Ufer wird im Lichterglanz erstrahlen.

„Das ist ja ganz falsch!“, rief Tim und zeigte auf die Stelle mit dem 50. Geburtstag.

„Es muss doch Hochzeitsevent heißen!“, beharrte Tim.

„Eben nicht! Hochzeitspaare bekommen in Wuppertal keine Genehmigung für ein Feuerwerk, nur Geburtstagskinder, die einen runden Geburtstag feiern. Da musste ich mir etwas einfallen lassen. Verstehst du? Ich habe ja auch wirklich im Juli Geburtstag und werde 50. Ich feiere zwar nie, aber jetzt kommt mir mein Geburtstag für meine Überraschung gerade recht.“

„Ist ja ganz schön happig, der Preis“, stellte Tim fest. Sein Onkel war ein Sparfuchs, das wusste Tim.

„Wir haben Geldgeschenke bekommen, da zahlen wir das Feuerwerk aus der Hochzeitskasse“, freute sich Onkel Paul.

Dann war es an einem Abend endlich so weit. Sie waren alle gekommen und schauten gebannt auf das Ufer des Beyenburger Stausees. Nach einer Weile begannen, Lichtfontänen, gleißende Springbrunnen und bunte Wasserfälle sowie herzförmige Lichterbilder und Kometen aufzuleuchten. Es gab verschiedene Rauch- und Flammeneffekte. Im Rhythmus des Abbrennens der Feuerwerksbatterien spielte Musik. Whitney Houston röhrte „One Moment in Time“ vom Band.

Frederick stieß Tim in die Seite und deutete auf Tordis. Tim sah, dass sie schon Tränen in den Augen hatte und gerührt um Fassung rang. Alle waren angetan von der Vorführung. Oma hielt Malin auf dem Arm, die tief und fest schlief und das Feuerwerk verpasste.

Aber das Feuerwerk drehte jetzt erst richtig auf. Die Pyrotechniker, die das Feuerwerk zusammengestellt hatten, hatten alles gegeben. Es regnete Sternschnuppen und riesige Lichterräder explodierten farbenfroh vor ihren Augen.

Alle machten „Ah“ und „Oh“ und rissen die Augen auf. Tim sah fasziniert die schillernden Farben, mit denen die Raketen die erstaunlichsten Formen in den Abendhimmel malten. Glitzernde Raketen drehten Pirouetten, bevor sie funkensprühend in den Himmel aufstiegen. Es knallte, donnerte, zischte und pfiff und der abendliche Himmel wurde in den unterschiedlichsten Farben erhellt. Das Schauspiel des Höhenfeuerwerks spiegelte sich eindrucksvoll im Wasser. Roter glitzernder Goldregen und grelle Blitze wurden unermüdlich abgefeuert und untermalten wirkungsvoll die krachenden Effekte der Knallkörper. Onkel Pauls und Tordis‘ Gäste applaudierten mit funkelnden Augen. Sie standen ergriffen in dichte Rauchschwaden gehüllt und ein Geruch von Schwefel hing in der Luft.

„Ich habe noch nie so ein schönes Feuerwerk gesehen!“, schwärmte Tordis und küsste Onkel Paul auf die Nasenspitze. Daraufhin nahm er sie in seine Arme und drehte sich mit ihr um die eigene Achse.

„Paul, mir wird ganz schwindelig! Alles Gute zu deinem

Geburtstag! Hier, schau mal! Ich habe natürlich auch noch eine zweite Überraschung für dich, aber die kommt erst in ein paar Tagen mit der Post", rief Tordis lachend und holte etwas Kleines aus ihrer Tasche. Es waren die wieder aufgetauchten Ringe und sie steckten sie sich gegenseitig an die Finger.

Tim beobachtete die Szene und dachte, dass es jetzt doch noch alles gut ausgegangen war. Beide Langfinger waren gefasst worden und sie konnten alle wieder aufatmen. Das konnten sie doch, oder?

Nach den Sternen greifen

Samstag, 5. August

Ich klicke mich lustlos durchs Netz und weiß nicht so genau, wonach ich suche. Plötzlich gebe ich einem Gefühl folgend „Sizilien" ein. Ein Artikel beschreibt den Ort, wo man unter anderem die Herkunft einiger wichtiger Mafiamitglieder vermutet und wo auch Matteo herkommt. Ihn werden Frederick und ich gleich besuchen. Er hat uns zum italienischen Essen eingeladen. Ich scrolle und lese.

„Das Land, in dem die Zitronen blühen", so wird Sizilien genannt. Viele Völker haben die Insel überfallen und besetzt. Die sonnige Insel war durch die fruchtbare Vulkanerde rund um den Ätna begehrt. Die Eroberer haben Spuren hinterlassen, nicht nur Gebäude. Die sizilianische Küche ist deshalb auch eine Mischküche. Wein, Oliven und Honig haben die Griechen mitgebracht, nachdem sie sich angesiedelt hatten. Hartweizen, Äpfel und Kastanien stammen von den Römern,

Stockfisch und Rouladen von den Normannen, Reis, Zitrusfrüchte, Pistazien, Feigen, Datteln, Mandeln und Zucker haben die Araber eingeführt und schließlich Auberginen und Paprika die Spanier.

1816 bildet sich das Königreich beider Sizilien (Sizilien und Neapel). Die Land besitzenden Barone zieht es bald in die großen Städte. Bälle sind zur damaligen Zeit sehr angesagt. Sie machen den Baronen mehr Spaß als das Führen eines Landgutes.

Während deren Abwesenheit bestellen Bauern die Ländereien. Die Verwalter, als Gabellotti bezeichnet, arbeiten als Aufseher. Sie beschützen, aber kontrollieren auch die Bauern. Die Gabellotti übernehmen die Aufgaben einer Polizei, die es zur damaligen Zeit noch gar nicht gibt. Dabei halten sie sich aber selbst nicht an Gesetze, sie machen ihre eigenen. Sie zwingen die Bauern, ihnen einen Teil der Ernte abzugeben.

Wer Schutz will, muss zahlen. Die Gabellotti gelten als die Vorläufer der Mafiosi. Das ist heute immer noch so, mit den „Gebühren". Die Schutzgelderpressung funktioniert so: Die Mafiosi gehen zu einem Pizzeriabesitzer und sagen ihm, dass sie ihn beschützen wollen. Dafür verlangen sie Schutzgeld oder verlangen, dass bestimmte Produkte gekauft werden. Bezahlt der Besitzer nicht, bedrohen sie ihn und seine Familie.

Aus groben Landgutsverwaltern werden mit der Zeit „Ehrenmänner" im Anzug. Die Mitglieder der sizilianischen Mafia sind ernsthaft beleidigt, wenn man sie als Kriminelle bezeichnet. Sie haben ihre eigene Vorstellung von Recht und Ordnung. Vielleicht wird das Wort Mafia deshalb in italienischer Sprache mit „Überheblichkeit" übersetzt. „Mafia" wird auch im Sinne von Kühnheit, Herrschsucht verstanden.

Der finanzielle Schaden, der dem Land Italien durch die im eigenen Land existierende „Organisierte Kriminalität" entsteht, ist enorm. Durch Schutzgelderpressung und Betrug im Gesundheitswesen, im Bausektor und in der Müllverwertung erleichtern die italienischen Mafiamitglieder den Staat um Milliardenbeträge.

Nirgendwo gibt es in Italien so viele Arbeitslose und junge Leute, die ihrer Heimat aus diesem Grund den Rücken kehren, wie auf Sizilien, das hat auch Matteo erzählt. Hat das etwas mit der Mafia zu tun? Ich meine, sind sie mit ihren illegalen Geschäften schuld, dass es dort kaum gut bezahlte normale Arbeit gibt und nur noch wenige eine weiße Weste haben und harmlos sind? Oder nutzt die Organisation die Situation schamlos aus, um Arbeitslose und von Armut Bedrohte für ihre Zwecke anzuheuern? Oder beides? Bei der Mafia habe man's leicht, sagt Matteo. Das sagt er wirklich!

„Es gibt gutes Essen und die Bezahlung ist wirklich anständig. Das lockt viele junge Leute, die nicht standhaft sind. Und der Job wird nie langweilig." Das behauptet Matteo allen Ernstes. Aber zwinkert mir dabei zu. Es ist also doch nicht so ganz ernst gemeint. Dabei serviert er uns Thunfischnudeln mit Pistaziensoße in seiner kleinen Wohnküche.

„Bloß eine Sache muss doch die Mafiosi nerven: Nach jedem Auftrag müssen sie sich um neues Handwerkszeug kümmern. Die, die auf Hansen geschossen haben, haben doch mit Sicherheit ihre Waffe am Tatort versteckt zurückgelassen, damit sie nicht mit einer Waffe aufgegriffen werden konnten", überlegt Matteo lautstark und haut auf den Tisch, nachdem er sich an den Tisch zu uns gesetzt hat.

„Spuren müssen verwischt werden, das ist sowieso klar, nachzuverfolgende Seriennummern werden auf jeden Fall vorher auf der Waffe weggekratzt und Handschuhe getragen. Fertig aus! Wozu sich also die Mühe machen? Die vom Schuss verursachte Schmauchspuren auf der Kleidung könnten die Täter verraten, deshalb werden auch oft die Handschuhe oder gleich das Oberteil, mit der Waffe, an Ort und Stelle zurückgelassen", gibt Frederick sein Wissen kauend zum Besten. Er liest so ziemlich alles, was er über Gangster und neuerdings über Mafiosi in die Finger bekommt.

„Ja, aber wenn Stefano das gemacht hat, wieso hat man dann noch keine Waffe oder Kleidung gefunden?", frage ich nach.

„Entweder er ist kein Mafiosi und doch nur ein ganz normaler Ganove oder das Versteck ist so unauffällig, dass man daran vorbeigeht. Oder er und seine Leute haben genug Zeit gehabt und die gesamten Hinterbliebenschaften vernichtet. Denn solche Täter müssen doch schwitzen! Sie dürfen aber, wenn sie nicht geschnappt werden wollen, weder Haut- oder Haarzellen noch Speicheltropfen verlieren. Der Täter trägt wahrscheinlich sowieso heutzutage Spuren vermeidende Ganzkörperanzüge und arbeitet mit sterilisierten Kugeln. Lach nicht! Das gibt es!"

Ich lausche Fredericks Überlegungen und denke an den Ort, wo auf Fredericks Vater geschossen worden ist: eine verlassene Gegend, ganz und gar nicht heimelig. Es ist dort so einsam, dass ich dort nicht bedenkenlos herumspazieren würde. Dort zu suchen ist aber auch so ausgeschlossen, denn seit den drei Wochen Ferien ist Hansen wieder in seine alten Gewohnheiten zurückgefallen. Er hat die anfängliche Angst um seine Familie abgelegt. Dafür belauert er Frederick wieder, wie eh und je. Er vermutet hinter jeder seiner Verabredungen gleich einen neuen Fall und will ihm alles, was wir zusammen unternehmen, rigoros verbieten.

Auch mein Vater ist seit dem letzten nächtlichen Ausflug

mir gegenüber misstrauisch geworden. Er kontrolliert jeden Abend, ob wir in unseren Betten liegen. Es wird zunehmend schwieriger, sich abends noch zu treffen. Nur dem guten Zureden unserer Mütter ist es zu verdanken, dass wir nicht ganz in unseren Ferien eingeschränkt werden. Und vor allem Omas Einmischung – wer hätte das gedacht, dass ihre sich einmischende Art noch zu etwas gut sein wird?

Ich erinnere mich, wie sie ein gutes Wort für die „jungen Leute", wie sie mich und meine Freunde nennt, eingelegt hat. Ich bin ihr dankbar und muss einmal mehr feststellen, dass sie ihrem Mädchennamen alle Ehre macht. Auch hat sie zwischen Onkel Oskar und seinem Sohn Jakob vermittelt und die Wogen geglättet. Denn Jakob ist mit Felix spontan zusammengezogen. Das geht Onkel Oskar alles gehörig gegen den Strich.

„Die Jugend muss sich doch ausprobieren. Ist so eine Wohngemeinschaft so schlimm? Sie müssen ihren eigenen Weg gehen. Wir können nicht wissen, was für sie gut ist. Das muss jeder für sich selber herausfinden. Immerhin ist Jakob schon über 18 und damit volljährig. Oskar, du wirst sehen, wenn du loslässt, kommen die Kinder auch irgendwann wieder zu dir zurück. Wenn nicht, kann es passieren, dass du sie verlierst." Oma kann so weise sein. Zwar nicht in allen Dingen, aber hier liegt sie, glaube ich, richtig. Denn Jakob ist erleichtert, dass sie mit seinem Vater geredet hat. Ob sie damals bei meinem Vater auch immer so nachsichtig gewesen ist?

Vor mir sitzt Artemis und legt ihren Kopf auf mein Knie. Sie seufzt. Ich tätschele ihr den Kopf.

„Wir gehen gleich noch eine Runde! Versprochen! Vorher muss ich noch Sonny eine Nachricht schicken, wir wollen uns doch mit den anderen in der Scheune treffen."

Artemis winselt erfreut und gibt mir ihre Pfote, als wolle sie, wie ein Mensch, mir darauf die Hand geben, um den Deal zu besiegeln. Sie ist für die Zeit, in der Onkel Paul und Tordis in Griechenland auf Hochzeitsreise sind, bei uns. Während ich die Tasten auf dem Handy mit einer Hand tippe, kommt mir der schöne Abend mit dem Feuerwerk in den Sinn. Danach muss ich unwillkürlich auch noch einmal an den Exfreund von Tordis denken, der sie tatsächlich auf ihrer Hochzeit hat entführen wollen. Was hat ihn bloß dazu gebracht? Gibt es überhaupt eine vernünftige Erklärung für so etwas? Nein, er hat nicht an die Beziehung oder Tordis gedacht. Offensichtlich hat er nur an sich gedacht. Ich denke, dass Besitzdenken nur schadet. Das ist bei Eltern und ihren Kindern so, aber auch bei Paaren und in Freundschaften.

Mir fällt die Medaille ein, die unser Team beim Rennen gewonnen hat. Es ist eine bronzefarbene Scheibe, in die der Name des Rennens, das Datum und unsere Namen graviert worden sind. Es hat in unserer Altersgruppe für den dritten Platz gereicht. Wir strahlen auf dem Siegerfoto. Ich habe es auf den Schreibtisch gestellt. Die Mühen des Trainings haben sich gelohnt! Da kann ich guten Gewissens auch wieder etwas über die Stränge schlagen. Ich nehme eine zweite Portion, während Frederick mit Matteo fachsimpelt. Artemis drängt heran und versucht, nach meiner Gabel zu schnappen. Ich stecke mir diese schnell in den Mund.

„Das ist nichts für dich! Tut mir leid.“ Ich drehe die Nudeln erneut um die Gabel. Der zweite Teller ist ebenfalls schnell leer gegessen.

Nach einer Weile piept das Handy.

„Wir müssen“, sage ich zu Frederick.

„Alles klar, Jungs. Schön, dass ihr hier wart“, sagt Matteo und räumt die leeren Teller ab. Ich verstaue mein Handy und angele nach Leine und Schlüssel. Artemis springt an mir hoch. Sie kann es kaum erwarten, dass wir loskommen.

Sonny hat allen Bescheid gesagt. Alle sind da, nur Frederick und ich haben noch gefehlt. Sonny zupft eine Melodie auf ihrer Gitarre. Alle hören andächtig zu und bemerken uns jetzt erst.

„Da seid ihr ja!“, ruft Sonny und unterbricht ihr Spiel. Alle drehen die Köpfe zu uns. Sie haben die Scheune aufgeräumt. Alle Heuballen haben sie nach hinten getragen und nur die, die wir zum Sitzen benötigen, dort in der Mitte stehen gelassen. Einer hat sogar gefegt. Alle haben sich eine Limo aus dem Kasten genehmigt. Frederick schmeißt sich auf das Sofa. Artemis läuft zu jedem und begrüßt alle einzeln. Sie tut so, als hätte sie die anderen schon ewig nicht mehr gesehen.

Ich freue mich aber auch, dass wir wieder alle zusammen sind. Hier in der Scheune staut sich die warme Luft, es könnte heute ein Gewitter geben. Etwas Regen kann aber auch nicht schaden, nachdem es so viele Wochen fast gar nicht geregnet hat. Die Bäume sind ganz ausgetrocknet. Bauer Pralle hat sie deshalb extra gießen müssen. Noch scheint die Sonne aber durch die geöffneten Dachluken und spendet etwas Licht. Es ist ein wirklich schöner Treffpunkt, den wir da haben!

„Und was gibt es Neues?“, fragt Narek und ich setze mich auf den einzigen noch freien Heuballen. Klara reicht mir eine Limo und ich versuche mit einer halben Verrenkung an den Flaschenöffner, der auf dem Boden liegt, zu kommen.

„Ich weiß nur, dass mein Vater eine sehr gute Unterredung mit seinem Chef hatte und von ihm in den höchsten Tönen gelobt worden ist. Beide sind wohl für einige Zeit besänftigt, denn die aktuelle Erfolgsbilanz spricht ja wohl für sich. Alle Gauner sind verhaftet. Auch wenn man natürlich nicht weiß, ob es noch weitere Bandenmitglieder gibt. Aber wenn, sind sie erst einmal alarmiert und haben sich offensichtlich hier aus der Gegend zurückgezogen. Matteo meint das auch. Es ist auf jeden Fall deutlich ruhiger am Flughafen geworden. Es ist also keine neue Schmugglerware mehr aufgetaucht", berichtet Frederick ausführlich über den Stand der Dinge. Er nimmt einen Schluck aus der Flasche und rülpst danach ziemlich laut.

„Pfui Spinne!", kommentiert Klara.

„Wieso? Irgendwo muss ja die Kohlensäure hin", sagt Frederick in entschuldigendem Tonfall.

Milla kichert. Dann wird sie wieder ernst, denn Klara wirft ihr einen bösen Blick zu.

Was ist denn eigentlich mit der Belohnung, von der die Rede war? Wer bekommt die?", erkundigt sich Narek.

„Die wird nicht ausgezahlt, denn offiziell hat ja die Polizei die Täter geschnappt. Wir kommen im Bericht ja gar nicht vor. Mein Vater will uns natürlich schützen", erklärt Frederick.

„Okay, ist irgendwie auch einzusehen. Wir würden sonst nur Ärger bekommen, schätze ich", erwidert Klara.

Artemis bellt, wie zur Bestätigung. Sie hat sich zu meinen Füßen gelegt. Ich staune über ihren Feinsinn. Sie scheint uns oft zu verstehen. Aber vielleicht meine ich das ja auch nur.

Dienstag, 8. August

Ich habe einen Brief von Tordis bekommen, in dem sie von ihren Ausflügen erzählt. Ich muss zugeben, er ist auch an Klara und den Rest der Familie gerichtet, aber ich habe ihn sofort an mich genommen. Es ist selten, dass man einen Brief bekommt. Die meisten schicken Nachrichten und Fotos aufs Handy, wovon Onkel Paul fast täglich Gebrauch macht. Aber da Tordis solche alten Dinge liebt, ist sie eine der wenigen

Personen, die ich kenne, die noch auf die alte Technik zurückgreift. Der Brief ist auch recht schnell angekommen, wundere ich mich. Sie hat eine schöne klare Handschrift und hat sogar eine kleine Zeichnung ihres Hotels beigelegt. Ich mache ein Foto, setze es in die Familiengruppe und die Gruppe unseres Detektivclubs.

„Die beiden sind gut in Griechenland angekommen", schreibe ich darunter.

Dann lese ich den Brief nochmal durch. Tordis beschreibt die schöne Landschaft, das leckere Essen und das warme Wetter. Sie berichtet stolz, dass Malin schon wieder gewachsen ist und die Hitze im Gegensatz zu Onkel Paul gut verträgt. Ich kann mir meinen Onkel vorstellen, wie er sich wieder nach Hause wünscht, weil er sich alles ganz anders vorgestellt hat und nur Tordis zuliebe nichts sagt.

„Na, das haben sie sich ja auch verdient, nach all dem, was sie erlebt haben", schreibt Jakob.

„Ich hätte auch gerne schon Urlaub", schreibt Mama aus ihrem Büro mit einem Smiley. Sie bestellt auch schöne Grüße von Tante Mathilda, die neuerdings bei ihr im Büro für ein paar Stunden arbeitet.

Wir müssen uns noch bis zu den Herbstferien gedulden, bis wir verreisen. Dieses Jahr fahren Papa, Mama, Oma, Klara und ich mit einem gemieteten Wohnmobil nach Schweden. Ein paar Tage besuchen wir Verwandte und auch Inga hat uns eingeladen. Sie hat ein geräumiges Haus und einen großen Garten. Sie hat Platz genug, wie sie betont. Papa hat sich sehr über das Angebot von Inga gefreut, denn in der Nähe gibt es den Siljasee. Er beabsichtigt, unsere Anglerausrüstung mitzunehmen. Ich bin schon gespannt, denn ich und Klara waren zwar schon ein paar Mal mit in Schweden, aber ich erinnere mich kaum, weil wir da noch zu klein waren.

Oma schwärmt immerzu von dem See und, dass man in klaren Nächten die Sterne dort sehr gut sehen kann und sie sich in dem ruhigen Gewässer spiegeln.

„Da kann man regelrecht nach den Sternen greifen!“, witzelt Papa dann gerne.

Das liege daran, erklärt dann Oma unbeirrt und tut so, als ob sie die Bemerkung überhört hat, dass es fast gar keine künstliche Beleuchtung in dem Ort gebe. Ich packe besser vorsorglich meine Taschenlampe ein, schießt es mir durch den Kopf. Wer weiß, was es in der Gegend noch so zu entdecken gibt. Ich nehme mir vor, eine Liste zu schreiben, was ich alles für den Urlaub mitnehmen will. Frederick kann mich beraten, denn seine Familie fährt auch schon mal campen.

Ich stelle fest, dass mich eine leichte Vorfreude befällt und, dass ich auch ganz schön urlaubsreif bin. Ich bin kaum nach der Auflösung des Falles zur Ruhe gekommen. Zum Glück haben wir noch drei Wochen Ferien! Frederick stöhnt auch schon wieder. Seine Leistungen haben ziemlich nachgelassen und sein Vater besteht darauf, dass er die restliche Ferienzeit zum Lernen nutzt. Auch wenn Frederick das nicht schmeckt, kann er nur so verhindern, dass Hansen die schlechten Noten in Zukunft mit unseren Nachforschungen begründet.

Vielleicht sollte ich mit ihm lernen? Auch für den Fall, dass es wieder einen Fall geben sollte. Nicht dass Hansen uns deswegen ans Haus fesseln kann. Wir dürfen ihm auf keinen Fall Gründe geben, uns an der Aufklärung eines möglichen neuen Falles zu hindern! Und mittlerweile bin ich davon überzeugt, dass es wieder einen Fall geben wird, denn bei so vielen Fällen, denen wir bis jetzt begegnet sind, glaube ich nicht mehr an Zufälle, sondern an unsere Fähigkeiten, etwas in Erfahrung zu bringen. Selbst Hansen fällt es immer schwerer, das zu leugnen.

STECKBRIEF

Tim Johann

über mich

Spitzname: ...keiner
Aussehen: ...helle halblange Haare, breites Kreuz vom Schwimmen
Besondere Merkmale: ...Zöli (von Zöliakie)

FAMILIE - mir liegen am Herzen ...

Eltern: ..Mutter Irene Johann (Büroangestellte), Vater Volker M. Johann (Zahntechniker)
Geschwister: ...Schwester Klara
Großeltern: ..Oma Helga, sie ist zu uns gezogen
andere Verwandte: ...1. Tante Mathilda wohnte erst gegenüber, sie hat Erich Urner geheiratet und ist mit ihm zusammengezogen
2. Tante Annette und Onkel Oskar Windgassen, ihr Sohn Jakob, mein Cousin

WOHNORT - wo ich zuhause bin ...

Stadtteil: ...eigentlich in Wuppertal-Beyenburg, vorübergehend erst in Elberfeld bei Onkel Paul und dessen Freundin Tordis Siebke-Holzapfel und in Vohwinkel bei Tante Mathilda

BESTE FREUNDE - gehen durch dick und dünn ...

Befreundet mit: ...Frederick, Sonny, Narek, Milla

SONSTIGES - was ich so mache und mag ...

Traumberuf: ...Detektiv
Lieblingsfarbe: ...Bergischgrün
Lieblingssüßigkeit: ...Marzipan
Lieblingsessen: ...Pfannekuchen
Lieblingstreffpunkt: ...Scheune von Bauer Pralle
Lieblingshobbys: ...Gitarre spielen, Schwimmen, am liebsten im See, Rad fahren

STECKBRIEF Frederick Hansen

über mich

Spitzname: ...Rick (nur bei der Mutter)
Aussehen: ...braune Locken,
Grübchen
Besondere Merkmale: ...rote Baseballkappe

FAMILIE - mir liegen am Herzen ...

Eltern: ...Mutter Eva Hansen (Ladenbesitzerin),
Vater Ewald Hansen (Oberkommissar)

WOHNORT - wo ich zuhause bin ...

Stadtteil: ...Wuppertal-Beyenburg

BESTE FREUNDE - gehen durch dick und dünn ...

Befreundet mit: ...Tim, Sonny, Narek, Klara , Milla

SONSTIGES - was ich so mache und mag ...

Traumberuf: ...Skate-Profi
Lieblingsfarbe: ...Schwarz
Lieblingssüßigkeit: ...Weingummi
Lieblingsessen: ...Königsberger Klopse
Lieblingstreffpunkt: ...Scheune von Bauer Pralle
Lieblingshobbys: ...Skateboard fahren,
Angeln

über mich

Spitzname: ...Sonny, eigentlich Sonja
Aussehen: ...dunkle lange Haare, grüne Augen
Besondere Merkmale: ...Holzperlenkette

FAMILIE - mir liegen am Herzen ...

Eltern: ...Mutter Marisa Grisanti (Parfümeurin), Vater Hasani Dawamu (Rosenfarmer),
Geschwister: ...Schwester Greta

WOHNORT - wo ich zuhause bin ...

Stadtteil: ...Wuppertal-Beyenburg

BESTE FREUNDE - gehen durch dick und dünn ...

Befreundet mit: ...Tim, Frederick, Narek, Klara, Milla

SONSTIGES - was ich so mache und mag ...

Traumberuf: ...Reiseverkehrskauffrau
Lieblingsfarbe: ...Weiß, Kanariengelb
Lieblingssüßigkeit: ...Lakritzschnecken
Lieblingsessen: ...Gemüse-Lasagne
Lieblingstreffpunkt: ...Scheune von Bauer Pralle
Lieblingshobbys: ...Gitarre spielen, Theater spielen, Tanzen

Weitere Personen/Liste für die Sitzordnung der Hochzeitsgesellschaft

Narek Amadouni	***Tamara & Arthur Amadouni*** Eltern von Narek	***Milena & Rosanna Amadouni*** Schwestern v. Narek
Milla Lehto	***Pekka Ragnar Lehto*** Vater von Milla, Archäologe	***Enja Lehto*** Tante von Milla, Pekkas Schwester, Köchin
Jakob Windgassen Cousin v. Klara & Tim	***Felix Sträter*** Freund von Jakob, Radladenbesitzer	***Annette & Oskar Windgassen*** Eltern v. Jakob, Schwester v. Paul
Oma Helga Oma von Klara und Tim	***Inga Olsson*** Omas schwedische Freundin	***Mathilda Blum & Erich Urner*** Tante von Tim & Klara
Udo Knepper Polizist, Kollege von Hansen	***Erwin Hubert*** Chef von Hansen	
Matteo Scuderi Mitarbeiter der Zollbehörde	***Winnie Kohlhaus*** Kollege von Matteo	
Luigi D'Abert Restaurantbesitzer	***Stefano D'Albert*** Musiker	***Simon Kassel*** Hochzeitsfotograf

Sascha Werlekamp Exfreund von Tordis	***Annegret Siepke-Holzapfel*** Mutter von Tordis, geschieden	
Adamek Mazur Restaurantbesitzer	***Magda Mazur*** Stiefmutter von Tordis, zweite Frau von Adamek	***Daniela Mazur*** Stiefschwester von Tordis
Frederick Hansen	***Eva & Kommissar Ewald Hansen*** Eltern von Frederick	
Tordis Siepke-Holzapfel Braut von Onkel	***Paul Blum*** Onkel von Klara und Tim, Bruder von Irene Johann	***Malin Siepke-Holzapfel*** Tochter von Tordis & Paul
Tim Johann	***Klara Johann*** Schwester von Tim	***Volker & Irene Johann*** Eltern von Tim & Klara
Sonny Grisanti	***Marisa Grisanti*** Mutter von Sonny	***Greta Grisanti*** Schwester von Sonny
Artemis Hund von Tordis & Paul		

Straßennamen in Barmen, Oberbarmen, Heckinghausen
Flurnamen machen frühere Landschaftsbegebenheiten ersichtlich

Liste der von Tordis notierten Bezeichnungen

A
Altenkotten = von Allenkotten abgeleitet, bedeutete Erlenkotten, von Erlen umgeben, Kotten war ein kleines Haus, ein kleiner Hof
Am Brögel = Brögel bedeutete Holzsteg
Am Clef = Clef bedeutete Klippe, Abhang
Am Diek = Diek bedeutete Teich
Am Buchenloh = Loh bedeutete Wald, Buchenwald
Am Gelben Sprung = Sprung bedeutete Bachquelle, die durch das eisenhaltige Wasser gelb gefärbt wurde
Am Heckendorn = Gebüsch, lebender Zaun, Grenze
Am Sauerholz = Sauerholz bedeutete dürres, trockenes Holz, sammelte man zum Feuermachen
Am Siepken = Siepchen war die Verkleinerungsform von Siepen, Siepen bedeutete feuchte Wiese, Kuhweide
An der Lehmbeck = bedeutete Leimbach, Beck oder Beek war die Bezeichnung für Bach
Auf dem Brahm = bedeutete Berg mit Ginsterbüschen, Bram war das Wort für Ginster
Auf der Bredt = Bredt bedeutete ein breites Gelände, auf dem man bei Überschwemmungen trockenen Fußes laufen konnte
B
Besenbruchstraße = Besenbruch bedeutete Binsensumpfland, Binse ist eine Sumpfpflanzenart
Bockmühle = Bock leitet sich von brechen ab, in der Mühle wurde Flachs/Leinen gebrochen, gestampft
Bracken = Bracken bedeutete brackiges Gelände, Brackwasser, Sumpf, in dem man versinken konnte
D
Dellbusch = Delle bedeutete Tal

F

Finkscheid = Scheid bedeutete Grenze, Grenze zum Finkenwald

Flanhard = Flad bedeutete Sumpfgras, Hard war ein Weidewald

Furter Hof = Furt bedeutete seichte Stelle mit Niedrigwasser, gefahrloser Weg durch den Fluss, wenn ein Steg/eine Brücke fehlte

G

Gemarker Straße = Gemarke hieß das Barmer Dorf an der Mark anfangs, Mark bedeutete Grenzbezirk

H

Haselrain = Haselrain bedeutete Haselnussstrauchstelle

Hasenkamp = Kamp bedeutete freie Fläche, Feld

Haspeler Straße = Haspel bedeutete Drehkreuz an einer Grenze, durch das Vieh zum Markt geführt wurde

Hatzfelder Straße = Hatz, Harts von Hert abgeleitet, Hert bedeutete Hirsch, ist noch in dem Wort Hatzjagd enthalten

Heidter Berg = Heidt bedeutete Heide, waldloses Gebiet

Herzkamper Straße = Herz wird abgeleitet von Hros, Hers, das Ross, Feld auf dem Pferde grasen

Hesselnberg = Hasel, Hassel, Hessel bedeutete Haselnuss, mit Haselsträuchern bewachsener Berg

Höhne = alter Höhenweg, oberhalb der Wupper

Hölker Feld = Hölken bedeutete Hölzchen, kleiner Wald

Holtkamp = Holt bedeutete Gehölz, leitet sich von Hülsen ab, Hülsen bedeutete Stechpalme, auf dem Feld wuchs also Ilex

Horst = Horst bedeutete ein mit Büschen bewachsener Ort

I

Im Brauk = anderes Wort für Bruch, bedeutete Sumpfland

Im Dickten = Dickten bedeutete dichtes Gebüsch

Im Springen = Springen bedeutete Quellwassergebiet, quellenreich

Immenweg = Imme bedeutete Biene

In der Böhle = Böhle bedeutete Senke, tiefes Tal

K

Klingelholl = Klinge bedeutete Biegung, Krümmung
Konradswüste = Wüstung bedeutete verlassenes, verödetes Feld
Krühbusch = Krüh bedeutete Kraut, Heilkräuter

L

Linderhauser Straße = Linder bedeutete Lindenbaum
Loher Straße = Lohe war gerbhaltige Baumrinde, die man zum Gerben von Tierhäuten, zur Herstellung von Leder benötigte

M

Mallack = leitet sich von „am Allack" ab, bedeutete Erlenacker
Marper Weg = Marpe war ein Fluss, beinhaltet das Wort arpe, von apa, das Wasser, bedeutete hier an der Sumpfwiese

P

Pfälzer Weg = Pfalz leitet sich von Pfahl ab, hölzerner Steg, Vorläufer einer Brücke

R

Rauental/Rauer Werth = raues und sumpfiges Tal/die Wasserinsel Werth, östlicher Teil, von Überschwemmungen bedroht
Rott = Rodt bedeutete gerodeter Wald, gefälltes Waldstück

S

Scharpenacken = beinhaltet arpe, bedeutete wasserreicher Acker
Steinkuhle = ehemaliger Steinbruch, aus dem man Steine abbrach, um neue Häuser zu bauen

U

Uhlenbruch = Uhlenbruch bedeutete fruchtbarer Sumpf

W

Windhövel = Hövel bedeutete Hügel, das Wort ist auch in dem Namen der benachbarten Stadt Sprockhövel enthalten
Werth = Werth bedeutete Insel, diese lag zwischen Wupper und Mühlengraben, trockener westlicher Teil

Die regionale Jugendkrimireihe ab 10 Jahren

Chris Hartmann
Stille Wasser
oder der Beyenburger Fall
140 S., geb., € 13,95
ISBN 978-3-939843-80-1

Chris Hartmann
Langer Atem
oder der Ölberger Fall
168 S., geb., € 13,95
ISBN 978-3-939843-88-7

Chris Hartmann
Dickes Fell
oder der Cronenberger Fall
192 S., gebundene Ausgabe
ISBN 978-3-948217-11-2, € 18,95
kartonierte Ausgabe
ISBN 978-3-948217-10-5, € 11,95

Chris Hartmann
Goldenes Herz
oder der Lüntenbecker Fall
204 S., gebundene Ausgabe
ISBN 978-3-948217-20-4, € 18,95
kartonierte Ausgabe
ISBN 978-3-948217-19-8, € 11,95

Die Autorin

Chris Hartmann, die Tim und Co. in den Wuppertaler Stadtteilen ermitteln lässt, hat Kommunikationsdesign an der Bergischen Universität studiert, unter anderem bei dem Kinderbuchautor und -Illustrator Wolf Erlbruch. Sie arbeitete für Werbeagenturen, Verlage und beim Fernsehen. Zehn Jahre schrieb sie für eine Tageszeitung. Aktuell ist sie in einer Bibliothek angestellt.

„Weiße Weste“ heißt ihr fünfter Krimi der Romanreihe, die im Verlag Edition Köndgen erschienen ist. Zuvor veröffentlichte sie: „Stille Wasser“, „Langer Atem“, „Dickes Fell“ und „Goldenes Herz“. Die Autorin lebt in Wuppertal.